Sabine Zett

Willkommen bei den Sunny Sisters

cbj

DIE AUTORIN

Sabine Zett ist in Westfalen aufgewachsen. Nach dem Abitur machte sie ein Volontariat bei der örtlichen Tageszeitung und arbeitete mehrere Jahre als Journalistin in verschiedenen Redaktionen. Heute schreibt sie Bücher, Theaterstücke und Hörspiele. Mit ihrer vielfach ausgezeichneten Jugendbuchreihe um den frechen »Hugo« eroberte sie nicht nur die Herzen von kleinen und großen Lesern, sondern auch die SPIEGEL-Bestsellerliste. Sabine Zett lebt mit ihrer Familie am Niederrhein.

Von Sabine Zett ist bei cbj außerdem erschienen:

Mein Leben voll daneben.
Geheime Aufzeichnungen von eurer Polly
(Band 1, 15847)
Einmal Star und nie wieder.
Geheime Aufzeichnungen von eurer Polly
(Band 2, 15931)
Familienausflug? Nein danke!
Geheime Aufzeichnungen von eurer Polly
(Band 3, 15554)
Wo geht's denn hier zum Weihnachtsbaum? (17158)

Sabine Zett

Willkommen bei den SUNNY SISTERS

Mit Illustrationen von Edda Skibbe

Band 1

cbj

Kinder- und Jugendbuchverlag
in der Verlagsgruppe Random House

*Für Mel, meine erste Leserin und
beste Assistentin aller Zeiten.
Danke für deine Hilfe und die vielen Tipps!*

MIX
Papier aus verantwortungsvollen Quellen
FSC® C014496

Verlagsgruppe Random House FSC® N001967
Das für dieses Buch verwendete FSC®-zertifizierte Papier
Pamo House liefert Arctic Paper Mochenwangen GmbH.

1. Auflage
Erstmals als cbj Taschenbuch Dezember 2015

Dieses Werk wurde vermittelt durch die
Michael Meller Literary Agency GmbH, München
Umschlagillustration: Edda Skibbe
Umschlaggestaltung: Christian Keller
aw · Herstellung: wei
Satz: KompetenzCenter, Mönchengladbach
Druck und Bindung: GGP Media GmbH, Pößneck
ISBN 978-3-570-22570-7
Printed in Germany

www.cbj-verlag.de

Inhalt

STECKBRIEFE

Sunny Sisters

Name: Lara Waldmann
Aussehen: lange blonde Haare, blaue Augen
Hobbys: Tanzen, Singen, Waveboard fahren
Ich mag: Ferien, Schokolade, die anderen Sunny Sisters, meine Nymphensittiche »Tussi« und »Zicke«
Ich hasse: Streit, Zickereien unter Mädchen, Intrigen, Regen
Mein größter Wunsch: dass meine Nymphensittiche sprechen lernen!
So bin ich: lustig, kreativ, neugierig

Name: Coco (Cosima) Rost
Aussehen: kurze mittelblonde Haare, braune Augen
Hobbys: Tanzen, Musik hören, Shoppen, Lesen
Ich mag: meine neue Schule, meine Freundinnen, Pizza, Gummibärchen, Fahrrad fahren
Ich hasse: Zicken, wenn sich die hochhackigen Schlangen etwas Fieses ausdenken, früh schlafen gehen, meine drei Vornamen
Mein größter Wunsch: im Fernsehen aufzutreten!
So bin ich: witzig, selbstbewusst, mutig

Name: Marvi (Maria-Victoria) Kolping
Aussehen: brauner kinnlanger Bob, blaue Augen
Hobbys: Tanzen, Theater spielen, meinen Bruder Nico ärgern
Ich mag: die Sunny-Stunden mit meinen Freundinnen, die Tanzschule Dance Star, mir neue Spitznamen für mich ausdenken
Ich hasse: Tomaten, Streit unter Freundinnen, wenn uns die High Heels ärgern wollen, traurige Filme oder Bücher, meinen Vornamen
Mein größter Wunsch: Ich will Schauspielerin werden!
So bin ich: nett, freundlich, hilfsbereit

SUNNY SISTERS

Name: Melli (Amelie) Jesper
Aussehen: dunkle Wuschellocken, grüne Augen
Hobbys: Lesen, Tanzen, Musik, Tennis, Schwimmen
Ich mag: meine neuen Freundinnen, mein Knusperzimmer, mein neues Zuhause, meine neue Schule, meine Klassenlehrerin
Ich hasse: wenn mein Papa beruflich verreist ist, Zicken, Langeweile, schlechtes Wetter, gemeine Sprüche, Lügen
Mein größter Wunsch: dass ich nicht mehr so schüchtern bin
So bin ich: ruhig, nett, schüchtern

SUNNY SISTERS

STECKBRIEFE

High Heels

Name: Tess (Tessa) Körner
Aussehen: schwarze glatte Haare, blaue Augen
Hobbys: Mode, Schuhe, Tanzen, Shoppen, Musik
Ich mag: Urlaub, hohe Schuhe, Vanilleeis, glatte Haare, meine Girls, tolle Autos, schöne Kleider, Streiche aushecken
Ich hasse: doofe Mädchengruppen, die sich wichtigmachen, flache Schuhe, kindisches Verhalten, Locken
Mein größter Wunsch: ein Star zu sein
So bin ich: süß, schön, cool

Name: Viv (Vivien) Salamander
Aussehen: rotbraune glatte Haare, graugrüne Augen
Hobbys: Shoppen, Tanzen, Modezeitschriften lesen, Schwimmen
Ich mag: die High Heels, Pommes rot-weiß, Musik hören, telefonieren, SMS schreiben, mit Freundinnen zusammen sein
Ich hasse: doofe Zicken, gemeine Sprüche, meinen Nachnamen, alles das, was auch Tess hasst
Mein größter Wunsch: reich und berühmt zu sein
So bin ich: hübsch, modisch, begabt

Name: Bell (Annabell) Post
Aussehen: blonde glatte Haare, braune Augen
Hobbys: Modenschau spielen, Sport, Tanzen, Kino, Lesen
Ich mag: mich mit den High Heels verabreden, Musik hören, mein Handy, Pfannkuchen zum Frühstück, Zeitschriften lesen
Ich hasse: alles das, was auch Tess hasst, dass sich mein Nachname auf den eines anderen Mädchens reimt, Mathe, lange Schulstunden
Mein größter Wunsch: berühmt zu werden
So bin ich: hübsch, cool, toll

HIGH HEELS

Das neue Mädchen

»Ist das cool!«

»Hoffentlich dürfen wir mitmachen!«

»Wir müssen richtig Gas geben!«

Lara, Maria-Victoria und Coco waren ganz aus dem Häuschen. Dieser Wochenend-Tanzworkshop am Ende der Sommerferien startete ganz anders als in den Jahren zuvor.

Ihre Trainerin Xenia hatte gleich zur Begrüßung eine Riesenüberraschung für die Gruppe parat! Jetzt standen die etwa zwanzig Mädchen mit hochroten Wangen im Übungsraum der Tanzschule Dance Star und hörten ihr gespannt zu. Denn Xenia erzählte von der Anfrage der Modemesse, eine Girls-Tanzgruppe im Vorprogramm einer großen Modenschau auf einem Laufsteg tanzen zu lassen.

Aus ihrer Tanzschule!

»Das ist der Hammer, da müssen wir dabei sein!«, flüsterte Lara, während sie gespannt den Einzelheiten lauschte.

»… und deshalb freue ich mich, dass ihr gerade alle diesen dreitägigen Ferienworkshop mitmacht, denn wir können hier mit der Choreografie anfangen. Der Laufsteg ist ja lang gezogen, also werdet ihr hintereinander stehen müssen. Der Song ist ein Zusammenschnitt aus verschiedenen Liedern; wir nennen ihn das ›Fashion Medley‹. Wenn die Schule am Montag losgeht, macht ihr in euren Gruppenstunden mit dem Training weiter. Aber Achtung: Wir werden nur zehn Mädchen für diesen besonderen Auftritt auswählen!«

»Nur zehn?«, wiederholte Maria-Victoria leise. »Das wird schwer werden. Hoffentlich schaffen wir es!«

Coco legte ihr eine Hand auf die Schulter. »Mach dir keinen Kopf! Wenn wir richtig gut trainieren, dann klappt es schon!«

Die Tanztrainerin fuhr fort: »Die Modemesse ist in zwei Monaten. Tony und ich werden alle, die mitmachen möchten, genau beobachten. Ihr könnt euch am Ende der heutigen Stunde in eine Liste eintragen und habt acht Wochen Zeit, alles zu geben und uns zu beweisen, dass ihr Dance Star würdig vertreten könnt. Dann werden wir uns für die Besten von euch entscheiden.«

»Viv, Bell und ich wollen mitmachen, denn von Mode haben wir schließlich Ahnung!«, meldete sich ein dunkelhaariges Mädchen zu Wort. »Models müssen groß und schlank sein und dürfen keine langweiligen Outfits tragen. Außerdem sind in diesem Jahr glatte Haare total angesagt. Also kannst du unsere Namen auf jeden Fall aufschreiben, Xenia! Oder sollen wir es Tony sagen? Er macht doch nebenan Hip-Hop, oder?«

»Tessa, ihr sollt nicht modeln, sondern tanzen. Außerdem habe ich doch gerade gesagt, dass ihr euch am Ende des heutigen Tanztrainings selbst in eine Liste eintragen könnt«, meinte Xenia.

Lara verdrehte die Augen. »Typisch Tess! Die Königin und ihr Hofstaat denken nur an ihr Äußeres und sehen sich schon in Paris, Mailand und New York«, sagte sie leise.

Ihre besten Freundinnen Maria-Victoria und Cosima, die beide ihre Vornamen nicht mochten und deshalb nur Marvi beziehungsweise Coco genannt werden wollten, nickten belustigt.

»Sie denken bestimmt schon über ihr Bühnenoutfit nach«, meinte Coco. »Die haben außer Mode nichts anderes im Kopf. Glatte Haare – dass ich nicht lache! Die sind natürlich viel wichtiger als gute Tanzschritte! Hauptsache, die Frisur sitzt!«

Als hätte sie es geahnt, hob Tessa wieder die Hand. »Xenia? Was tragen wir denn bei dem Auftritt?«, wollte sie wissen.

Die Trainerin sah jetzt ziemlich ungehalten aus. »Du weißt doch gar nicht, ob du dabei bist, Tessa«, sagte sie. »Konzentrier dich zuerst auf die Schrittfolge und denk nicht jetzt schon über Outfits nach.«

»Aber Bühnenoutfits sind wichtig!«, protestierte Tessa und strich mit einer Hand über ihr glattes Haar. »Und natürlich werden die High Heels dabei sein!«

»Wer sind denn die High Heels?«, fragte Xenia verwundert.

Tessa zeigte triumphierend auf die blonde Annabell und Vivien mit den rotbraunen Haaren, die neben ihr standen. »Bell, Viv und ich haben in den Ferien eine eigene Gruppe gegründet – die High Heels. Du weißt schon, wie die Schuhe mit den hohen Absätzen: cool, modern und absolut in!«

»Ja, denn sie sind ja auch schon sooo erwachsen und tragen natürlich nur hochhackige Schuhe«, murmelte Coco spöttisch.

»Dann kannst du uns demnächst genauso wie die Sunny Sisters zu Einzelauftritten schicken, Xenia«, fuhr Tessa fort. »Andere Mädchen möchten auch zeigen, was sie können. Aber manche werden eben immer bevorzugt.«

Lara presste die Lippen aufeinander, um Tessa nicht zu beschimpfen, denn sie wusste genau, worauf diese anspielte!

Mit den Sunny Sisters waren nämlich Coco, Maria-Victoria und sie gemeint. Sie tanzten schon seit sechs Jahren bei Dance Star. Als die Tanzschule im Mai ein großes Jubiläum feierte und die verschiedenen Gruppen bei einer Gala ihr Können zeigten, durften Coco, Maria-Victoria und Lara eine eigene Choreografie vorführen. Das lag daran, dass sie neben den zwei normalen Gruppen-Trainingsstunden pro Woche auch an vielen anderen Tagen trainierten. Sie dachten sich sogar eigene Schrittfolgen aus. Irgendwann hatte Lara Xenia davon erzählt. Die Trainerin hatte die drei Freundinnen für ihren Eifer belohnen wollen und ihre selbst entwickelte

Choreografie zu einem Song von Lady Gaga ins Programm genommen. Da sie einen Gruppennamen für das Programmheft brauchte, kam Lara auf Sunny Sisters. Sunny, weil sie alle drei die Sonne liebten und Sisters, weil sie sich schon so lange kannten, dass sie sich wie Schwestern fühlten.

Aber es war bisher ihr einziger Auftritt!

So eine Gemeinheit!

Lara wurde stinkwütend!

Vor allem, als sie merkte, dass die anderen Mädchen im Raum zustimmend nickten. Tessa hetzte sie offenbar gegen die Sunny Sisters auf!

»Meint diese Ziege etwa, dass *wir* bevorzugt werden? Von wegen High Heels! Sie sollten sich ›ätzende Stinkfüße‹ nennen! Immer muss Tessa herumstänkern! Einzelauftritte, schön wär's!«, zischte Coco. »Wir haben ein einziges Mal allein getanzt und sie tut so, als ob wir hier die Stars wären!«

Maria-Victoria legte ihr beruhigend eine Hand auf die Schulter. »Reg dich ab, Coco. Königin Tess und ihre Hofdamen sind bloß auf alles und jeden eifersüchtig, der nichts mit ihnen zu tun hat. Das waren sie vom ersten Tag an, als sie vor zwei Jahren zu uns in die Tanzgruppe kamen, das weißt du doch.«

Lara atmete tief durch. »Marvi hat recht. Außerdem versuchen sie immer wieder, kleine Intrigen zu schmieden. Denk mal daran, wie sie neulich Tabea und Sarah eingeredet haben, dass sie bei »Glow« in der ersten Reihe stehen mussten, obwohl die zwei die Choreo überhaupt nicht konnten! Die Armen haben sich völlig blamiert, während sich Tessa und ihre Freundinnen schiefgelacht haben! Das sind ganz böse Schlangen!«

Die Tanztrainerin schien ebenfalls genug gehört zu haben. »Danke für die offenen Worte, Tessa«, sagte sie eisig. »Bevor wir mit dem Workshop anfangen, will ich direkt etwas klarstellen: Hier wird niemand bevorzugt, weil er einen schönen Rock trägt oder eine flotte Frisur hat.«

»Oder sich für hochhackige Schuhköniginnen hält«, fügte Lara halblaut hinzu und die Mädchen um sie herum kicherten.

»Ich habe die Sunny Sisters ein Mal vortanzen lassen, weil sie es sich verdient hatten. Sie haben viel mehr trainiert als alle anderen und hatten eine Super-Choreo einstudiert. Ganz allein. Wer Leistung bringt, soll auch belohnt werden. Wenn also jemand von euch anderen genauso viel Spaß am Tanzen hat und sich in seiner Freizeit eine Schrittfolge zu einem Song ausdenkt, der darf sie mir jederzeit zeigen. Und wenn sich eine Gelegenheit ergibt und die Choreo so gut ist wie die der Sunny Sisters, dann steht einem Einzelauftritt nichts im Weg. Alles klar so weit?«

Xenia sah ihre Mädchen herausfordernd an. Manche guckten verschämt weg, andere nickten zustimmend. Nur Tessa und ihre Freundinnen schauten ganz schön angesäuert.

»Der Auftritt der Sunny Sisters war wirklich super!«, meinte auf einmal Amelie, ein etwas kleineres Mädchen mit dunklen Wuschellocken, das sonst nicht zu den großen Rednern gehörte. »Ich war total begeistert und finde, dass sie sich das echt verdient haben! Ich würde sie sofort wieder sehen wollen!«

Sie wurde rot, erntete aber ein allgemeines Raunen als Zustimmung und Lara lächelte das Mädchen dankbar an. Sie kannte Amelie nicht näher, fand sie aber sehr sympathisch. Sie schien eher ruhig und schüchtern zu sein und stellte sich nie in die erste Reihe, wenn sie eine neue Choreografie einstudierten. Andererseits war sie noch nicht so lange dabei.

»Wisst ihr, ob Amelie genauso alt ist wie wir?«, fragte Lara ihre beiden Freundinnen. »Kommt sie jetzt auch in die fünfte Klasse?«

Coco sah zu dem etwas kleineren Mädchen herüber und zuckte mit den Schultern. »Keine Ahnung. Sie ist noch nicht so lange dabei, ein paar Monate oder so. Aber ich hab noch nie mit ihr gequatscht und weiß nichts von ihr – du etwa, Marvi?«

Maria-Victoria schüttelte ihren kinnlangen Bob. »Ich auch nicht. Ich glaube, sie ist nach jeder Tanzstunde immer ganz schnell verschwunden.«

»Oder wir sind so mit uns selbst beschäftigt, dass wir sie nicht beachten«, sagte Lara augenzwinkernd.

Während die Tanztrainerin nun mit den ersten Aufwärmübungen startete, dachte Lara darüber nach, dass sie eigentlich über die meisten aus der Tanzgruppe nicht viel sagen konnte. Lediglich Tessa, Vivien und Annabell stachen heraus, nicht nur, weil sie oft dasselbe Outfit anhatten, sondern weil sie mit ihrer unangenehmen Art ständig auffielen. Ansonsten waren Coco, Maria-Victoria und sie ganz schön aufeinander fixiert. Zugegeben, sie kannten sich schon seit dem Kindergarten, waren schon in der Grundschule wie Schwestern gewesen und hatten durch ihr gemeinsames Hobby Tanzen auch in der Freizeit sehr viel miteinander zu tun.

Nach dem Aufwärmen erklärte Xenia die ersten Schritte zu dem »Fashion Medley«.

»Mein Gott, ist das einfach!«, rief Tessa. »Das haben wir mit links drin. Rutsch mal, Linda!«

Sie schob das angesprochene Mädchen einfach zur Seite und stellte sich direkt in die erste Reihe vor den Spiegel, während sie sich das Haar glatt strich. Vivien und Annabell folgten ihr. Es schien sie nicht zu kümmern, dass dort eigentlich vorher Sarah und Sophia standen, die es offenbar nicht wagten, Tessa und ihrem Gefolge zu widersprechen. Die Gruppe tanzte den ersten Teil ohne Musik und es klappte ganz gut.

»Okay«, meinte Xenia. »Und jetzt zur Musik. Minus acht.«

Damit meinte sie, wie die Musikanlage eingestellt werden sollte, damit die Geschwindigkeit des Songs langsamer wurde. Wenn sie eine neue Choreo einstudierten, wurde das Tempo immer erst gedrosselt, damit sie die Schritte in Ruhe der Musik anpassen konnten. Meistens fingen sie bei minus acht an und steigerten sich dann auf minus vier. Erst wenn alles klappte, ging es auf die Position null, also Originaltempo. Bei schnelleren Tänzen kam es auch vor, dass die Geschwindigkeit höher gestellt wurde, auf plus vier zum Beispiel. Damit konnten aber nur sehr geübte Tänzerinnen klarkommen.

Die Mädchen nahmen ihre Positionen ein, und als die ersten Töne erklangen, waren fast alle auf den Punkt genau.

Die Trainerin klatschte kurz in die Hände. »Das war schon ganz ordentlich. Allerdings ist es immer noch in minus acht getanzt. Sollen wir auf minus vier gehen?«

Tessa zog die Augenbrauen hoch. »Warum machst du nicht direkt volles Tempo? Oder plus vier?«

Die Tanztrainerin lächelte. »Weil es zu schwer ist. Ihr solltet euch langsam steigern. Außerdem ist es noch lange nicht der ganze Tanz, sondern nur der erste Teil.«

»Aber das ist nicht zu schwer! Wir wollen das richtige Tempo haben, stimmt's, High Heels?«

Vivien und Annabell nickten eifrig. »Das ist babyleicht!«

»Und außerdem ist es eine Frage des Talents und das hat nicht jeder«, fügte Tessa hinzu und drehte sich in Richtung der Sunny Sisters um, die weiter hinten standen.

»Haltet mich fest, sonst hau ich der Hexe ihren Besen auf den Kopf«, murmelte Coco. »Hat sie gerade von Talent gesprochen?«

»Hey!« Auch Xenia schien Tessas Spruch nicht zu gefallen. »Ihr seid über zwanzig Tänzerinnen und es geht nicht nur um euch drei! Wir machen zuerst minus vier. Es dauert eben, bis alles sitzt.«

Lara ahnte, welche Antwort kommen würde, und sie wurde nicht enttäuscht.

»Die anderen brauchen es vielleicht – aber wir doch nicht!«, gab Annabell zurück. Eine der drei musste offensichtlich immer das letzte Wort behalten.

Nach einer Stunde saß der erste Teil der Choreografie ganz gut und konnte auch zu normalem Tempo getanzt werden. Die Tanztrainerin legte eine Pause ein und die

Mädchen machten es sich mit ihren mitgebrachten Snacks gemütlich. Lara fiel auf, dass Amelie allein an einem Tisch am Fenster saß und gerade dabei war, ihre dunklen Wuschellocken mit einem Haarband zu bändigen.

»Lasst uns zu ihr gehen«, meinte sie leise zu ihren beiden Freundinnen und zeigte auf das Mädchen. »Sie scheint hier mit niemandem befreundet zu sein.«

Die Mädchen schnappten sich ihre Rucksäcke und schlenderten zu Amelie herüber. »Na, bist du auch schon so kaputt?«, erkundigte sich Maria-Victoria. »Ich bin total erledigt und dabei ist das erst der Anfang! Das muss an der Sommerhitze liegen.«

»Und wir haben noch das ganze Wochenende vor uns!«, stöhnte Coco gespielt. »Wer ist eigentlich auf die Idee gekommen, am Ende der Ferien zum Tanzen statt ins Schwimmbad zu gehen?«

Die vier Mädchen lachten. »Amelie, danke, dass du uns vorhin vor den anderen gelobt hast. Den hochhackigen Schlangen ist direkt das Lachen vergangen«, sagte Lara.

»Hochhackigen, giftigen und glatt geföhnten Schlangen«, fügte Coco grinsend hinzu. »Meine mittelblonden kurzen Haare würden es wohl nicht in die exklusive Frisur-Clique schaffen, denn sie sind nicht glatt genug. Unsere Blondine Lara hat leider zu viele Wellen, Amelie kommt mit ihrem Wuschelkopf gar nicht infrage. Nur du, Marvi, hättest eine Chance. Ein glatter brauner Bob könnte gehen.«

Maria-Victoria verzog das Gesicht. »Nein danke. Ich verzichte freiwillig.«

Da sich die High Heels aber gerade näherten, wechselte Lara schnell das Thema. »Amelie, du machst doch diesen Ferienworkshop zum ersten Mal, oder?«, erkundigte sie sich neugierig und senkte dann die Stimme. »Wie gefällt es dir bisher, einmal abgesehen von den drei Reptilien, die unter uns sind?«

Das Mädchen lächelte, nahm einen Schluck aus seiner Wasserflasche und lief wieder rot an. »Hier ist es echt toll. Ich finde die Choreografien und die Musik super. Und euer Auftritt war richtig genial. Übrigens, Maria-Victoria, ich wünschte, ich hätte auch so glatte Haare wie du, obwohl ich ganz sicher auch nicht bei den anderen Mädchen mitmachen würde«, sagte sie.

Maria-Victoria nickte eifrig. »Das verstehe ich, aber bitte nenn mich Marvi und niemals so, wie es meine Eltern und Lehrer ständig tun …«

»… Maria-Victoria!«, vollendeten Lara und Coco ihren Satz.

»Ganz genau, bitte nur Marvi! Lara und Coco kannst du nennen, wie du möchtest«, grinste Maria-Victoria. »Wie lange bist du schon bei Dance Star?«

Amelie sah schüchtern zu Boden. »Ich bin erst seit April dabei, weil ich vorher … andere Dinge gemacht habe.«

»Was denn?«, fragte Lara und bemerkte aus den Augenwinkeln, dass Tessa und ihre Freundinnen spöttisch grinsten, weil sie so nachbohrte.

»Wir wohnen noch nicht so lange hier und ich musste erst alles neu erkunden und kennenlernen. Außerdem wurde ich immer zu meiner alten Schule hin- und hergefahren, damit ich dort das Schuljahr bis zum Sommer fertig mache.«

»Auf welche Schule gehst du denn?« Laras Neugierde war immer noch nicht befriedigt.

»Jetzt komme ich auf das Geschwister-Scholl-Gymnasium, ins fünfte Schuljahr.«

»Echt?« Die Sunny Sisters sahen sich an.

»Da werden wir ab übermorgen auch drauf sein!«, sagte Coco. »Vielleicht kommen wir in dieselbe Klasse! Wir drei zumindest hoffen es sehr! Wir haben uns gegenseitig angegeben und werden jedem Lehrer die Hölle heißmachen, wenn das nicht klappen sollte!«

»Es muss klappen! Mein Bruder meint, dass die den ersten Wunsch immer berücksichtigen«, antwortete Maria-Victoria und kramte in ihrer Tasche nach einer Banane. »Nico hat damals Hugo angegeben – und Hugo natürlich Nico. Und es hat geklappt!«

»Ja, weil dein Bruder Nico nicht ohne seinen Kumpel Hugo Kotsbusch leben kann«, merkte Lara an und die Mädchen lachten. Maria-Victorias älterer Bruder hing immer mit seinem besten Freund Hugo ab, das wussten sie schon, als sie sich im Kindergarten kennengelernt hatten. »Die haben sich zu zweit angegeben, da konnte nichts schiefgehen. Wir sind aber zu dritt.« Dann merkte sie, dass Amelie gar nichts mehr sagte, und das Mädchen tat ihr leid. Wenn sie vorher in einer anderen Stadt in der Grundschule war, dann hatte sie sicher niemanden als Wunsch angegeben.

»Kennst du denn jemanden auf dem ›Geschwi‹?«, fragte Lara.

»Geschwi?« Amelie verstand nicht.

»So wird bei uns das Geschwister-Scholl-Gymnasium abgekürzt«, erklärte Maria-Victoria.

Amelie nickte. »Alles klar, muss ich mir merken. Nein, ich kenne dort niemanden …«

Coco lächelte. »Doch! Jetzt kennst du uns! Und selbst wenn wir nicht in dieselbe Klasse kommen, dann sehen wir uns bestimmt ganz oft auf dem Schulhof!«

Lara wollte noch mehr wissen. »Amelie? Du trägst dich doch auch für den Auftritt bei der Modemesse ein, oder?«, fragte sie. »Ist das nicht total cool?«

Amelie zögerte einen Moment. »Ich weiß noch nicht«, sagte sie und klang unsicher.

Maria-Victoria biss in ihre Banane und sprach mit vollem Mund. »Warum denn nicht? Du tanzt doch super! Ich bin am Anfang auch immer unsicher, das ist normal! Stellt euch vor, es ist ein Auftritt auf einem echten Laufsteg! Und die ganze Modewelt wird uns zusehen!« Sie war wieder ganz aus dem Häuschen und verschluckte sich fast.

Coco lachte. »Hey, flipp nicht gleich aus! Erst kauen, dann schlucken, dann sprechen! Noch wurden wir nicht ausgewählt. Aber Marvi hat recht: So eine Chance bekommt man nur ein Mal! Amelie, du musst dich unbedingt anmelden!«

»Ich habe aber ein ziemliches Lampenfieber, wenn ich vor fremden Leuten etwas allein vorführen soll«, gestand Amelie. »Und dann gleich vor einem großen Publikum … Ein Albtraum!«

Lara kräuselte die Nase. »Quatsch! Du tanzt doch nicht allein! Neun andere Mädchen sind bei dir!«

Coco und Maria-Victoria lachten, während Amelie schüchtern lächelte. »Das will ich mir gar nicht vorstellen! Ich war noch nie auf einer Modenschau, geschweige denn auf einem Laufsteg. Und jetzt sollen wir darauf tanzen? Ich glaube, ich würde sterben, oder zumindest vom Laufsteg fallen!«

»Du kannst es dir ja noch überlegen, aber trag dich doch vorsichtshalber in die Liste ein«, riet Maria-Victoria. »Bis zum Auftritt hast du noch acht Wochen Bedenkzeit! Vielleicht können wir dir mit dem Lampenfieber irgendwie helfen!«

Amelies Geheimnis

Es war schon später Nachmittag, als Amelie vor der Tanzschule von ihrer Mutter abgeholt wurde. Sie schaute zuerst nach, mit welchem Wagen diese gekommen war, und atmete erleichtert auf. Es war Omas kleines graues Auto. Amelie hasste es, wenn es einer der Sportwagen oder eine der beiden Limousinen waren, die ihren Eltern gehörten. Sie wollte auf keinen Fall auffallen und dumme Fragen beantworten müssen. Es ging niemanden etwas an, dass ihre Familie schicke Autos fuhr, in einer Villa wohnte und offensichtlich viel Geld hatte.

Vor allem aber sollte niemand erfahren, dass sie die Tochter des Popstars John Jefferson war, wie sich Papa als Sänger nannte. Das war zum Glück nur sein Künstlername. Amelie war froh, dass sie Amelie Jesper hieß. So lautete nämlich ihr richtiger Familienname.

Sie wohnten jetzt seit einem halben Jahr in der neuen Stadt und bisher wusste niemand, wer eigentlich neuerdings in dem versteckten Anwesen hinter der Stadtgrenze wohnte. Da Papa ohnehin viel unterwegs war und sich in der Stadt nicht blicken ließ, blieb Amelies Geheimnis sicher. Sie machte sich zwar Sorgen, dass er bei der Einschulungsfeier am Montag erkannt werden könnte. Aber sie hoffte, dass ihr Vater an diesem Tag wieder seinen schlichten grauen Anzug anziehen, sich die wilden Locken glatt nach hinten kämmen und die silberumrandete Brille tragen würde.

Die langweilige Brille, die Frisur und der Anzug waren nur einige der Tricks, die aus dem Popstar John Jefferson wieder Johannes Jesper werden ließen. Dies war Papas eigentlicher Name und er war somit nur einer von vielen Vätern, die ihre Kinder zum Schulbeginn begleiteten. John Jefferson dagegen brauchte keine Brille, trug seine schwarzen Locken wuschelig offen und rockte die Bühne mit Jeans und T-Shirt.

Amelie freute sich, dass es ihm bisher gelungen war, seinen neuen Wohnort zu verheimlichen, und sie hoffte, dass es noch lange so bleiben würde. Vor ihrem Umzug wussten leider zu viele Leute, wo John Jefferson wohnte. Als er immer berühmter wurde, begann die Situation ziemlich unangenehm zu werden: Plötzlich standen Fans vor ihrem Haus, starrten in die Fenster hinein, klingelten an der Tür und sprachen auch die Familienmitglieder immer öfter an. Manche waren Amelie sogar sehr unheimlich.

Ihre Eltern beschlossen daraufhin, sich irgendwo

anders ein abgelegenes Grundstück zu kaufen und ohne Aufsehen wegzuziehen. Offizielle Familienfotos gab es sowieso nicht und Papa verbot den Medien, Paparazzi-Bilder von Amelie zu zeigen. Sie sollte möglichst normal aufwachsen und nicht unter dem Bekanntheitsgrad ihres Vaters leiden müssen. Amelie sträubte sich anfangs gegen den Umzug, sah aber dann ein, dass es für sie alle besser war. Sich doof in der Schule oder der Stadt anstarren oder gar auslachen zu lassen, darauf hatte sie wirklich keine Lust mehr.

Anfangs war es nicht leicht, sich an die neue Umgebung zu gewöhnen. Daher war Amelie froh, dass sie von Papas Chauffeur täglich noch in die fast neunzig Kilometer entfernte alte Schule gefahren wurde, damit sie die vierte Klasse abschließen konnte. Andererseits wurde sie dort von den Kindern immer seltsamer angesehen und einige hatten sie als »verwöhnte Millionärsgöre« beschimpft. Sogar ihre alten Klassenkameradinnen schienen sie nicht mehr leiden zu können, wollten die Pausen nicht mehr mit ihr verbringen oder sich nicht mehr mit ihr verabreden.

Wenn Amelie mittags in das neue Zuhause zurückgebracht wurde, war sie oft traurig und fühlte sich einsam. Eines Tages packte Mama sie ins Auto und fuhr sie zu Dance Star. »Ich habe gehört, dass sie Kinder und Jugendliche in verschiedenen Tanzrichtungen unterrichten und sehr gut sein sollen«, hatte sie gesagt. »Bevor du dich nachmittags langweilst, kannst du es doch mal ausprobieren.«

Getanzt hatte Amelie schon immer gern und war in ihrer alten Schule in einer Tanz-AG. Und obwohl sie erst großen Bammel vor der Tanzschule hatte, erwies sich ihre Angst als unbegründet. Amelie mochte ihre Tanzlehrerin Xenia auf Anhieb und fühlte sich in der ihr zugewiesenen »Star Clips«-Gruppe gleich sehr wohl. Auch die anderen Mädchen schienen ganz nett zu sein – bis auf Tessa, Annabell und Vivien, die alle anderen immer abschätzig musterten und sich nicht scheuten, auch mal einen fiesen Spruch loszuwerden. Doch mit ihnen allen hatte sie bis heute sowieso keinen näheren Kontakt gehabt.

»Gut, dass du mich zu dem Ferienworkshop überredet hast«, sagte Amelie, als sie in Mamas Auto stieg und auf dem Beifahrersitz Platz nahm. »Ich habe heute ein paar Mädchen näher kennengelernt.«

»Na endlich!«, sagte ihre Mutter freudestrahlend. »Du bist schon seit fast fünf Monaten bei Dance Star! Ich hab mich die ganze Zeit gefragt, was du dort eigentlich machst.«

»Tanzen! Das macht man so in einer Tanzschule, das solltest du eigentlich wissen«, antwortete Amelie fröhlich. »Aber heute bei dem Workshop waren wir mehrere Stunden zusammen und nicht nur die üblichen sechzig Minuten. Da gab es Zeit für Pausen und fürs Quatschen, das war toll!«

Sie behielt für sich, dass sie vermutlich von sich aus niemanden angesprochen hätte, weil ihr ihre Schüchternheit immer einen Strich durch die Rechnung machte.

Sie wusste auch nicht, wie sie es fertiggebracht hatte, den Auftritt der Sunny Sisters vor der ganzen Gruppe zu loben, aber sie fand die Sprüche von Tessa und den zwei anderen Mädchen total gemein. Und dann hatten sich zum Glück die netten Sunnys zu ihr gesetzt.

»Das freut mich!«, sagte Mama. »Und wie sind die Mädels so? Erzähl mal!«

»Supernett! Lara ist lustig, kann gut organisieren und hat immer alles im Griff. Coco scheint vor nichts Angst zu haben und sagt offen ihre Meinung. Und Marvi wirkt eher ruhiger, ist aber sehr hilfsbereit. Ich mag sie alle drei.«

»Klingt nach einer interessanten Mischung«, lachte die Mutter.

Amelie nickte. »Finde ich auch. Stell dir vor, die kommen auch auf das ›Geschwi‹, genau wie ich in die fünfte Klasse!«

Auf Mamas fragenden Blick hin erklärte Amelie, wofür die Abkürzung stand und dass es toll wäre, wenn sie zusammen mit Lara, Coco und Maria-Victoria in eine Klasse käme. »Dann würde ich schon direkt drei der nettesten Mädchen kennen!«

»Soll Papa beim Rektor anrufen und sich für dich einsetzen?«, fragte ihre Mutter.

»Mama!«, entrüstete sich Amelie. »Es ist Freitag, schon fast Abend, also ist in der Schule niemand mehr erreichbar. Und am Montag ist bereits der erste Schultag.«

Mama wendete und fuhr vom Parkplatz. »Wir könnten

versuchen, den Rektor zu Hause zu erreichen. Papas Name öffnet Türen, das weißt du …«

Amelie unterbrach sie. »Mama! Ich will nicht, dass Papa seinen Bekanntheitsgrad dazu nutzt, mir in der Schule zu helfen! Wir wollen doch, dass möglichst niemand erfährt, dass John Jefferson mein Vater ist! Dann müssen wir das auch durchziehen!«

»Du hast recht«, seufzte die Mutter. »Amelie, du bist wirklich klug und ich bin stolz auf dich. Ja, wir sollten uns die Anonymität bewahren, die wir mit dem Umzug bekommen haben.«

Amelie nickte und schaltete das Radio ein. Eine Weile fuhren sie schweigend über die Hauptstraße in Richtung Stadtrand.

»Papas neue Single ist direkt von null auf fünf in die Charts eingestiegen«, meinte Mama ein paar Minuten später. »Vorhin haben sie ›I Like The Sun‹ im Radio gespielt. Die Nummer ist gut, findest du nicht auch?«

Amelie nickte. Sie mochte den Song sehr und war froh, dass Papa ihn als seine neue Single ausgewählt hatte. Er hatte sie vor einigen Wochen nach ihrer Meinung gefragt und ihr drei Songs aus dem neuen Album vorgespielt. Amelie gefiel »I Like The Sun« am besten und das hatte sie auch gesagt. »Es ist ein cooler Song und passt super zum Sommer!«

Wenige Minuten später hatten sie die Stadtgrenze sowie einige Felder passiert und bogen in die Privatstraße ein, wo ganz am Ende eine hohe Mauer und ein silberfarbenes elektrisches Tor ihr Grundstück versteckte.

Amelie fragte ihre Mutter, ob ihr Vater zu Hause sei. »Er ist heute in München«, antwortete sie. »Termin bei einem Fernsehsender. Morgen Mittag kommt er zurück, Spätzchen.«

»Manchmal wünschte ich, er wäre nicht berühmt, sondern ein ganz normaler Vater, der abends vom Büro nach Hause kommt. Das habe ich schon gedacht, als ich noch im Kindergarten war, und es hat sich nicht geändert«, meinte Amelie traurig. »Er ist so oft weg!«

»Ach, Amelie! Du weißt doch, dass dich dein Papa sehr lieb hat«, sagte Mama. »Er ist eben, was er ist. Die Musik ist sein Beruf und das ganze Drumherum gehört einfach dazu. Da gibt es nun einmal viele unregelmäßige Termine. Dafür haben wir viele Sachen, die andere nicht haben.«

Auf die könnte ich gut verzichten, dachte Amelie, sagte es aber nicht laut. Sie wollte nicht unfair sein. Schließlich wusste sie, dass es für ihre Mutter auch nicht immer einfach war, die Ehefrau eines berühmten Sängers zu sein. Amelie war alt genug, um mitzubekommen, wie manche weiblichen Fans sich ihrem Vater gegenüber benahmen. Sie würden ihm am liebsten um den Hals fallen, ohne sich darum zu kümmern, dass er verheiratet war. Und sie ahnte, dass Mama sich auch oft genug einsam fühlte, wenn sie tagelang allein waren. Außerdem musste sie viele Dinge immer wieder ohne ihren Mann entscheiden und konnte sie nicht mit ihm besprechen, wie es in anderen Familien üblich war. Natürlich, sie hatten Personal, eine Haushälterin, eine Putzfrau und einen Gärtner, die täglich kamen. Papa beschäftigte außerdem einen Chauffeur und eine Sekretärin, die mit Mama zusammen den Bürokram organisierte, aber das war nicht dasselbe.

Sie fuhren den Weg zum Haus und ihre Mutter parkte den Wagen auf einem der Stellplätze vor den vier Garagen, die rechts neben dem weißen Haus untergebracht waren. Die Villa war in einer L-Form gebaut. Vorn gab es die Wohnräume der Familie und im hinteren Teil befanden sich Papas Musikstudio und sein Büro. Außerdem war auf der Rückseite des Hauses ein riesiger Wintergarten mit einem Schwimmbad angebaut. Daran grenzte ein Fitnessraum mit Blick auf den Garten an. Das Dach und die Rückwand des Wintergartens ließen sich bei gutem Wetter öffnen, sodass der Pool dann zum

Teil draußen war. Dazu gehörte eine in Sandfarben gehaltene weitläufige Terrasse mit verschiedenen Liegen, Schaukelstühlen und mehreren Sitzgelegenheiten.

Im Fitnessbereich befanden sich neben zahlreichen Trainingsgeräten auch eine Sauna und der sogenannte riesengroße »Spiegelraum«, der auf einer Seite voll verspiegelt war. Hier probten hin und wieder Tänzerinnen und Tänzer, die John Jefferson für besondere Bühnenshows gebucht hatte. Amelie schlich sich manchmal hinein und schaute ihnen aus einem Versteck heraus zu.

Etwas weiter links auf dem riesigen Grundstück gab es außerdem einen Tennisplatz und auf der rechten Seite, versteckt hinter mehreren Obstbäumen, stand noch ein zweites Haus. Es war erheblich kleiner, zitronengelb angestrichen und mit einem dunkelroten Spitzdach. Als Amelie es zum ersten Mal sah, taufte sie es auf den Namen Knusperhaus.

Hier wohnten seit Kurzem Oma und Opa, was Amelie als großes Glück empfand, denn so war ihr der Umzug noch leichter gefallen. Sie ging gern zu ihren Großeltern rüber und genoss es, sie so nah bei sich zu haben. Wenn ihre Eltern mal zusammen wegfuhren und über Nacht wegblieben, zog Amelie mit Schlafanzug und Kuscheltier unter dem Arm in das kleine Zimmer, das im Knusperhaus direkt unter dem Dach lag. Obwohl der Raum im Vergleich zu ihrem Kinderzimmer in der Villa winzig und spärlich eingerichtet war, liebte Amelie ihn ebenfalls, denn sie fühlte sich darin wie eine Figur aus dem Märchen. Es war ihr Knusperzimmer.

»Heute Abend essen wir bei Oma und Opa«, sagte Mama. »Komm, wir gehen gleich nach drüben.«

Der Tisch in der weiß gefliesten Küche war schon gedeckt und im Ofen brutzelten leckere Brathähnchenschenkel. Dazu gab es Salat und knuspriges Brot, das Oma selbst gebacken hatte.

»Was gibt's Neues, Engelchen?«, fragte Opa und lächelte seine Enkelin an. »Wie läuft's beim Tanzen?«

»Der Workshop macht total Spaß! Heute habe ich ein paar Mädchen kennengelernt«, erzählte Amelie. »Stellt euch vor, sie kommen auch auf das gleiche Gymnasium wie ich!«

»Das ist schön, Engelchen«, sagte Opa, und Oma strich ihr liebevoll übers Haar. »Ich freue mich schon auf die Einschulungsfeier. Eigentlich müsstest du wieder eine Schultüte bekommen, wie damals in der Grundschule.«

»Omi!« Amelie lachte. »Im fünften Schuljahr hat man doch keine Schultüte mehr! Wir sind zu groß für so einen Kinderkram!«

Sie biss herzhaft in eine Hähnchenkeule und berichtete mit vollem Mund, was sie an diesem Tag erlebt hatte. Natürlich erwähnte sie auch die Anfrage bezüglich der Modenschau und gab zu, dass sie sich letztendlich auch auf der Liste eingetragen hatte. »Lara und die anderen Mädchen haben mich überredet. Ich weiß aber noch nicht, ob ich dorthin möchte, falls man sich für mich entscheiden sollte.«

»Mach dir darüber erst Gedanken, wenn es so weit ist«, riet Mama, und Amelie nickte.

Das Gespräch drehte sich dann wieder um den bevorstehenden ersten Schultag. »Hoffentlich wird Papa bei der Einschulungsfeier nicht erkannt«, meinte Amelie. »Vielleicht sollte er sich eine Perücke aufsetzen?«

»Das mache ich! Welche Haarfarbe soll ich denn wählen?«, ertönte es plötzlich von der Haustür.

»Papa!« Amelie warf ihre Gabel auf den Teller und flog ihrem Vater förmlich entgegen.

»Johannes? Was machst du denn schon hier? Wir haben dich erst morgen erwartet!«, rief Mama und ging freudestrahlend auf ihren Mann zu.

Johannes Jesper gab seiner Tochter und seiner Frau einen Kuss und begrüßte auch die Schwiegereltern. »Die Fernsehaufzeichnung war früher zu Ende als erwartet, und es ist mir gelungen, noch einen Flieger zu erwischen. Sag mal, Amelie, bist du seit vorgestern wieder gewachsen?«

Amelie strahlte. So begrüßte sie ihr Papa immer, ganz egal, wie lange er weg gewesen war. Er wusste, dass sie es hasste, nicht so groß wie die meisten anderen Mädchen zu sein, und wollte sie auf diese Weise immer aufmuntern.

»Also: Wann und warum soll ich eine Perücke tragen?«

»Am Montag bei der Schulfeier«, antwortete Amelie, während sich alle wieder an den Tisch setzten. »Ich will, dass du dabei bist, habe aber Angst, dass man dich erkennen könnte.«

Ihr Vater lachte. »Und du meinst, dass ich mit einer

Perücke weniger auffalle? Welche soll ich denn nehmen? Eine Elvis-Perücke? Oder die Pippi-Langstrumpf-Zöpfe?«

Amelie grinste. »Okay, du hast recht, die Idee ist doch nicht so gut. Aber du glättest deine Haare und kämmst sie wieder hinter die Ohren, ja? Und setzt deine Silberbrille auf?«

Die Eltern sahen sich schmunzelnd an. »Dafür stehe ich sogar eine Stunde früher auf«, meinte Papa. »Helena? Hast du meinen grauen Anzug aus der Reinigung abgeholt?«

Ihre Mutter nickte. »Natürlich, Schatz. Und das weiße Hemd und eine dunkelblaue Krawatte. Du wirst unter den anderen Vätern nicht auffallen.«

»Papa mit Anzug und Krawatte? Das kann ich mir nur schwer vorstellen«, sagte Amelie und machte sich über das Eis her, das ihr Oma zum Nachtisch hingestellt hatte. »Ich mag dich in Jeans und T-Shirt am liebsten. Und natürlich mit dem Wuschelhaar, das so aussieht wie meins! Ach, ich wünschte, du könntest einfach nur du sein, und die Leute würden dich gar nicht beachten!«

Einige Stunden später, als sie wieder in ihrem Haus waren und sich Amelie in ihrem Zimmer bequem in ihr weiß-gelbes Himmelbett gekuschelt hatte, kam Mama noch einmal herein.

»Spätzchen«, sagte sie und setzte sich an den Bettrand. »Wir haben beschlossen, dass sich Papa am Montag möglichst im Hintergrund aufhalten wird – für alle Fälle. Ich hoffe wirklich, dass du das verstehst und ihm nicht böse bist. Er möchte dich nur beschützen. Wenn es bekannt würde, dass John Jefferson dein Vater ist, dann würdest du vielleicht wieder schlechte Erfahrungen machen. Das wollen dein Vater und ich vermeiden.«

Amelie setzte sich in ihrem Bett auf. »Ich verstehe das, Mami«, sagte sie. »Aber ich hoffe, dass ich auf der neuen Schule gute Freundinnen finden werde, denen ich das irgendwann erzählen kann. Diese Heimlichtuerei ist total nervig!«

Mama nickte. »Das stimmt und das wünsche ich dir auch. Warte erst einmal ab und lern deine neuen Mitschüler richtig kennen. Hör auf dein Bauchgefühl und lass es uns gemeinsam entscheiden, wen wir einweihen werden. Ich möchte nur nicht, dass dich jemand auslacht und sogar böse Worte zu dir sagt, wie in der alten Schule. Oder dass dich jemand ausnutzt.«

»Ausnutzt? Wie meinst du das?«

Ihre Mutter wurde ernst. »Ich selbst musste im Laufe der Zeit erfahren, dass manche Frauen nur mit mir befreundet sein wollten, weil ich mit John Jefferson verheiratet bin. Sie haben sich Vorteile davon erhofft und es ging ihnen gar nicht um mich.«

»Wirklich?« Amelie konnte sich gar nicht vorstellen, dass jemand nicht um Mamas willen mit ihr befreundet sein wollte. Sie war die tollste Mutter der Welt, hübsch und klug noch dazu.

Als sie kurz danach schon fast vor dem Einschlafen war, dachte sie an Lara, Maria-Victoria und Coco. Sie schienen so nett zu sein! Amelie hoffte sehr, dass sie sich gut genug anfreunden würden, dass sie ihnen eines Tages von Papa erzählen könnte.

Dann fielen ihr Tessa, Annabell und Vivien ein.

Wie würden sie reagieren, wenn sie es wüssten?

Wären sie auf einmal gern ihre Freundinnen oder würden sie ihr das Leben zur Hölle machen?

Amelie konnte das nur ganz schwer einschätzen.

Eine unangenehme Überraschung

In der Aula war mächtig was los. Herausgeputzte Eltern drängten sich zwischen die Stuhlreihen und zogen jüngere Geschwisterkinder hinter sich her. Omas und Opas zückten die Fotoapparate oder studierten das ausgelegte Programm, während etwa achtzig sichtlich aufgeregte Mädchen und Jungen herumstanden und sich nicht auf die für sie reservierten Plätze trauten.

»Die ersten vier Reihen sind für uns Neulinge. Ist das nicht blöd, dass wir gerade noch die Großen waren und hier auf einmal die Küken sind?«, fragte Lara und zeigte auf die gelben »Reserviert«-Schilder. »Sie haben sogar gelbe Küken-Farbe genommen, damit es wirklich jeder mitbekommt. Sollen wir uns schon einen Platz suchen? Einer muss doch den Anfang machen.«

Sie stand eingerahmt zwischen Maria-Victoria und Coco und bemühte sich, möglichst cool und locker auszusehen. Wie froh sie war, einen Jeansrock und ein weißes T-Shirt zu tragen und nicht das geblümte Kleid, das Mama ihr hatte einreden wollen! Lara wollte heute unbedingt lässig wirken. Niemand sollte ihr die Aufregung ansehen.

Um nichts in der Welt hätte sie zugegeben, dass sie ganz schlecht geschlafen und ein mulmiges Gefühl im Bauch hatte! Mit der fünften Klasse begann ein ganz neuer Lebensabschnitt; das hatte sie oft genug von ihren Eltern gehört. Aber sie verstand erst jetzt, was sie damit meinten.

Alles würde neu sein. Die Schule, die Lehrer, die anderen Kids, selbst einige Schulfächer.

Würde sie sich in dem riesigen Gebäude zurechtfinden?

Würde sie mit allem gut fertig werden?

Lara war froh, dass wenigstens ihre beiden besten Freundinnen mit ihr hier waren, und sie wünschte sich nichts mehr, als dass sie in die gleiche Klasse kommen würden!

»Unsere Eltern sitzen auch zusammen«, meinte Maria-Victoria und deutete auf die mittlere Sitzreihe. »Dein Bruder zappelt ganz schön auf dem Schoß deiner Mutter herum«, meinte sie grinsend.

»Ich bin gespannt, ob er durchhält«, antwortete Lara. »Marc ist mit seinen knapp vier Jahren nicht gerade geduldig.«

Sie sah sich um und versuchte herauszufinden, ob sie jemanden von den anderen Kids kannte. »Habt ihr Amelie eigentlich schon gesehen?«

Die Sunny Sisters hatten auch die restlichen beiden Workshop-Tage mit Amelie verbracht und gestern kichernd ausgemacht, dass sie sich bei der Einschulungsfeier in der Aula nebeneinandersetzen würden.

»Ich fasse es nicht!«, rief Coco auf einmal und die Freundinnen blickten sie erstaunt an. »Seht mal, wer da gerade kommt! Wusstet ihr, dass *die* auch auf das ›Geschwi‹ gehen würden?«

Ihr fast schriller Tonfall und das überbetonte Wort »die« reichten, um das Schlimmste zu erwarten. Und tatsächlich: Als Lara sich in Richtung Ausgang umdrehte, stockte ihr der Atem. Durch die Tür spazierten gerade Tessa, Vivien und Annabell herein!

Alle drei trugen pinkfarbene Leggings, goldene T-Shirts mit der Aufschrift High Heels und goldene Riemchensandalen. Um ihren Hals hatten sie sich einen schmalen goldenen Schal gewickelt und ihre Haare waren zu einem Dutt hochgesteckt und mit einem pinkfarbenen Band befestigt.

»Sie sehen aus, als ob sie gleich einen Auftritt im Zirkus hätten«, sagte Coco, während Lara und Maria-Victoria das Trio mit offenem Mund anstarrten.

Maria-Victoria erholte sich als Erste. »Gestern beim Abschluss des Workshops habe ich gehört, wie Tess zu den anderen gesagt hat, dass sie sich gar nicht auf die neue Schule freuen würde, aber ich hätte nie gedacht, dass sie das ›Geschwi‹ damit meint!«

»Anstatt ›High Heels‹ müsste auf ihren T-Shirts eher ›Poison Snakes‹ stehen«, zischte Lara.

»Ich möchte Sie alle bitten, jetzt Platz zu nehmen!«, ertönte eine Männerstimme durch die Lautsprecher und schlagartig wurde es in der Aula ruhig. Ein ergrauter Herr im schwarzen Anzug stand vor dem Mikrofon auf der Bühne und deutete auch den Fünftklässlern an, dass sie sich setzen sollten. Lara und ihre Freundinnen gingen langsam in die dritte Reihe, während sie beobachteten, wie sich die High Heels in die Mitte der ersten Reihe setzten und ihre Beine übereinanderschlugen.

»Hallo«, flüsterte plötzlich eine Stimme neben Lara. Amelie tauchte wie aus dem Nichts auf und lächelte Lara an! »Ich wusste gar nicht, dass auch Giftschlangen zur Schule gehen dürfen.«

»Vielleicht sind sie für den Biologie-Unterricht hier«, antwortete Lara.

Die Mädchen kicherten leise und nahmen auf vier freien Stühlen Platz. Der Schulrektor begrüßte alle Anwesenden und hielt eine kurze, aber lustige Rede. Die Anspannung unter den neuen Schülerinnen und Schülern schien sich langsam zu legen.

»Mein Bruder sagt, dass er ganz nett ist. Vielleicht unterrichtet er uns auch, dann haben wir viel Vertretung. Als Rektor ist er nämlich oft zu anderen Terminen unterwegs«, wisperte Maria-Victoria.

Der erste Programmpunkt war die Musical-AG, die einige Songs sang, bevor dann Schüler der älteren Klassen drei Sketche vorführten. Lara erkannte Maria-Victorias Bruder Nico sowie seinen besten Kumpel Hugo Kotsbusch, die beide ebenfalls eine lustige Szene spielten und gar nicht so schlecht waren.

»Sie sind in der Theater-AG!«, erklärte Maria-Victoria nicht ohne Stolz. Lara fragte sich, ob sie als Fünftklässlerinnen wohl auch bei der Theater- oder Musical-AG mitmachen durften. Vielleicht war die neue Schule doch nicht so furchterregend, wie sie dachte.

Nach dem Showprogramm kam der Rektor zurück auf die Bühne. Begleitet wurde er von zwei Frauen und einem Herrn. Alle drei schienen noch nicht allzu alt zu sein und sahen sympathisch aus.

»Sicher seid ihr schon gespannt, in welche Klasse ihr kommt und wer euer Klassenlehrer sein wird«, begann der Schuldirektor. »Das sind Frau Rilke, Frau Groß-

Claudius und Herr Kleinert. Sie übernehmen die Klassen 5a, 5b und 5c. Ich werde jetzt gleich die Namenslisten alphabetisch vorlesen und möchte euch bitten, euch zu der jeweiligen Lehrerin beziehungsweise dem Lehrer dazuzugesellen.«

»Alphabetisch! Das ist wieder typisch. Dann komme ich so ziemlich zum Schluss dran«, beschwerte sich Lara, und auf Amelies fragenden Blick erklärte sie: »Ich heiße Waldmann, nach mir sind nur noch die Zetts dran.«

»Mädels, jetzt wird es ernst«, murmelte dagegen Coco. »Wehe, wenn das mit uns nicht geklappt hat! Dann müssen wir Protestplakate malen und uns vor dem Büro des Rektors aufstellen!«

Maria-Victoria und Lara nickten, während Amelie mit den Schultern zuckte. »Ich habe niemanden als Wunsch angegeben, also ist es jetzt reine Glückssache«, sagte sie etwas zerknirscht. »Wahrscheinlich komme ich mit den pinkfarbenen Giftschuhen in eine Klasse!«

»Schade, dass wir uns nicht schon bei der Schulanmeldung gekannt haben, dann hättest du eine von uns benennen können«, meinte Maria-Victoria.

»Pst! Können wir um etwas Ruhe bitten!«, zischte jemand von hinten. Lara drehte sich um und sah zwei identisch aussehende blonde Jungen, die gebannt nach vorn blickten. Sie trugen dunkle Stoffhosen und jeweils ein blaues und ein weißes Hemd mit Krawatte. Ihre Gesichter und Frisuren waren so ähnlich, dass man sie nur anhand der unterschiedlichen Hemden auseinanderhalten konnte.

»Sorry!«, meinte Lara.

»Habt ihr die Zwillinge hinter uns gesehen? Mit Hemd und Krawatte! Wenn die in eine Klasse kommen, dann tun mir die Lehrer jetzt schon leid«, flüsterte sie ihren Freundinnen zu. »Die Ähnlichkeit ist unglaublich!«

Maria-Victoria, Coco und Amelie schauten sich neugierig um, aber dann wurde ihr Blick schon wieder nach vorn gelenkt, denn der Rektor fing endlich an, die Namen vorzulesen.

»Zuerst die 5a, Klassenlehrerin Frau Rilke«, begann er. Die Lehrerin lächelte und zeigte eine kleine Zahnlücke zwischen ihren Schneidezähnen. Lara fand sie dadurch noch sympathischer als vorher. Es fielen drei Namen und dann hörten sie plötzlich »Eduard-Carl Graf von Klee, Konrad-Paul Graf von Klee.«

Die Zwillinge hinter ihnen erhoben sich von ihren Plätzen und die Mädchen drehten ihre Köpfe zu ihnen um. »Ich weiß nicht, was ich komischer finde, die Krawatten, die affigen Vornamen oder dass die beiden Grafen sind«, sagte Coco leise. Weiter kam sie jedoch nicht, denn der nächste Name lautete »Maria-Victoria Kolping«.

Maria-Victoria sprang auf. »Ich gehe dann mal auf die Bühne und hoffe, dass ihr mir gleich folgen werdet«, murmelte sie und machte sich auf den Weg.

»Ich heiße Jesper mit Nachnamen, und da wir schon bei K sind, wird das wohl nichts mit der gemeinsamen Klasse«, flüsterte Amelie. Lara merkte, dass sie sich Mühe gab, nicht allzu traurig zu klingen.

»Hey, mach dir nichts draus! Wir sehen uns dann immer in den Pausen«, antwortete sie in der Hoffnung, Amelie aufzumuntern. Aber sie wussten beide, dass das nicht dasselbe war.

»Ich habe gerade bei dem Namen nicht aufgepasst, aber macht sich da nicht Königin Tessa auf den Weg zur Bühne?« Coco stieß Lara in die Seite.

»Oh nein, tatsächlich! In die 5a! Da war irgendetwas mit Körner, kurz bevor Marvi aufgerufen wurde, das wird dann wohl Tess gewesen sein. Auch das noch! Hoffentlich kommt nicht der ganze Hofstaat dazu!«, murmelte Lara. »Das können die doch nicht machen, oder? Die Sunnys und die High Heels für die nächsten Jahre in einer Klasse? Das wäre eine Katastrophe!«

Zunächst galt es aber, die Namen bis zum Buchstaben »R« durchzustehen, denn Coco hieß mit Nachnamen Rost. Während der Schuldirektor weitere Mädchen und Jungen aufrief, zuckte Lara jedes Mal zusammen, wenn sich Vivien und Annabell auf ihren Stühlen bewegten.

Bei P hieß es plötzlich »Annabell Post« und anschließend »Cosima Fiona Serena Rost«. Ein Riesengelächter ertönte und Coco lief knallrot an.

»Volltreffer! Jetzt bin ich die Lachnummer der Schule«, zischte sie. »Ich habe meiner Mutter gesagt, dass sie nur Cosima Rost aufschreiben soll, aber sie hat die komplette Ahnengalerie dazugepackt! Und es gibt sogar eine Steigerung: Ich reime mich ausgerechnet auf den hochhackigen Stinkfuß Bell! Ist das ein Einstieg? Ich muss sofort die Schule wechseln!«

Lara und Amelie prusteten drauflos, während Coco mit gespieltem Entsetzen in Richtung Bühne schlurfte.

»Heißt sie wirklich Cosima Fiona Serena?«, fragte Amelie.

Lara nickte. »Coco hat englische Vorfahren und wurde nach drei Großtanten ihrer Mutter benannt. Sie hasst ihren Namen, deshalb darfst du auch niemals Cosima zu ihr sagen.«

»Das werde ich mir merken«, meinte Amelie. »Ich glaube, nur die wenigsten von uns finden ihren eigenen Namen schön.«

Mittlerweile wurde die Gruppe um Frau Rilke herum immer größer und irgendwann stand auch Vivien Salamander neben Tessa und Annabell, die sie daraufhin stürmisch umarmten, während Lara und Amelie sich angrinsten. Salamander waren doch mit Schlangen verwandt, oder?

Endlich war die Klassenliste bei »U« angekommen. »Ich drücke die Daumen«, flüsterte Amelie. »Wenn das bei denen geklappt hat, dann bei euch sicher auch.«

Sie sollte recht behalten. »Sara Waldmann«, las der Rektor nun vor.

»Lara!«, korrigierten Coco und Maria-Victoria lautstark.

»Entschuldigung, diese neumodischen Namen heutzutage …«, entgegnete der Schuldirektor lächelnd. »So steht es hier natürlich auch. Lara Waldmann, natürlich, natürlich.«

»Lara! Lara! Gib Küsschen!«, krähte plötzlich ihr kleiner Bruder aus den hinteren Reihen. Lara drehte sich um und winkte lachend Marc zu, der nun auf Papas Schoß stand.

»Herzlichen Glückwunsch«, sagte Amelie und drückte Laras Hand. »Wir sehen uns.«

Lara wusste nicht, was sie sagen sollte. Einerseits war sie total happy, dass die Sunny Sisters zusammenbleiben konnten, andererseits war ihr die neue Freundin irgendwie schon ans Herz gewachsen und sie hätte sie ebenfalls gern dabeigehabt. Doch da der Buchstabe »J« längst vorbei war, gab es wohl keine Hoffnung mehr. Sie stand auf und blickte Amelie unsicher an. »Danke. Es ist so schade …«

»Es sollte wohl nicht sein. Nun geh schon!«, sagte diese und lächelte.

Lara lief auf die Bühne zu, wo sie von Maria-Victoria und Coco empfangen wurde. »Yes! Wir sind zusammen! Yeah!«, freute sich das Trio unbändig.

»Schade nur, dass es mit Amelie nicht geklappt hat«, meinte Maria-Victoria. »Seht mal, sie sieht ganz traurig aus. Jetzt kommt sie wirklich in eine Klasse, in der sie niemanden kennt.«

Coco nickte. »Vielleicht können wir dem Direktor einen Tausch vorschlagen: Amelie gegen eine der hochhackigen Schlangen. Oder am besten gegen alle drei. Habt ihr Viviens Nachnamen eigentlich mitbekommen? Passt super, oder?«

Der Rektor räusperte sich. »Kommen wir nun zur Klasse 5 b. Klassenlehrerin Frau Groß-Claudius.« Er machte eine kleine Pause und blickte wieder auf sein Blatt. »Oh, nein, Entschuldigung. Ich habe noch eine kleine Korrektur.«

»Korrektur? Korrekt! Das Trio mit den Giftschuhen muss in eine andere Klasse«, wisperte Lara.

»Wir haben noch nachträglich eine Anmeldung wegen Umzugs bekommen und dummerweise steht die junge Dame noch nicht in der alphabetischen Reihenfolge. Ich werde es umgehend ändern lassen. Amelie Jesper – du bist ebenfalls in der 5a.«

»Juhu!« Ein dreifacher Jubelruf auf der Bühne erstaunte nicht nur die anderen Kids, sondern auch einige Eltern. Lara, Coco und Maria-Victoria winkten Amelie aufgeregt zu, während diese mit hochrotem Kopf auf die Bühne ging und sich von den Sunnys umarmen ließ.

»Da sind die Quatschtanten ja vereint«, sagte eine Jungenstimme. »Vier auf einen Schlag.«

»Welche war noch mal Post und welche Rost? Das wird äußerst amüsant!«, antwortete eine andere.

Lara drehte sich um. Die Zwillingsbrüder standen hinter ihnen und grinsten dämlich. »Soweit ich mich erinnere, heißt ihr Konrad-Paul und Eduard-Carl, oder?

Vier ziemlich altmodische Namen, aber ich würde mich niemals darüber lustig machen, denn nicht ihr habt sie ausgesucht, sondern eure Eltern!«

Auch Coco mischte sich ein. »Wisst ihr, was wirklich amüsant ist? Mein Opa heißt auch Konrad. Aber er ist 78 Jahre alt. Da passt es.«

Die Ankündigung

Amelie konnte ihr Glück noch immer nicht fassen. Ihre Wangen blieben die ganze Zeit gerötet und sie war sprachlos vor Aufregung. Aber ihr Herz hüpfte vor Freude. Jetzt konnte sie sich wirklich eingestehen, wie sehr sie es sich gewünscht hatte, mit den netten Sunny Sisters in eine Klasse zu kommen, und wie groß ihr Entsetzen war, als alles vorbei zu sein schien!

Als die beiden anderen Klassen ebenfalls komplett auf der Bühne standen, applaudierten die anwesenden Familienmitglieder für sie, und dann durften alle mit ihren Lehrern in die jeweiligen Klassenräume gehen. Es folgte eine Doppelstunde, in der die wartenden Eltern in der Schulcafeteria bewirtet wurden.

Als sie die Bühne verließen, blickte Amelie zu den hinteren Sitzreihen. Mama warf ihr eine Kusshand zu, während Opa alles mit einem Camcorder filmte. Papa saß zwischen Mama und Oma und grinste wie ein Honigkuchenpferd. Er sah sehr seriös mit seiner Brille und dem Anzug aus. Er hatte sich tatsächlich viel Mühe mit seinem Äußeren gegeben. Insbesondere seine schwarze Lockenmähne lag geglättet und gebändigt an seinem

Hinterkopf und hinter seinen Ohren. Amelie fand, dass er wirklich nur sehr schwer mit Popstar John Jefferson in Verbindung gebracht werden konnte.

Im Klassenraum standen die Tische in einer Hufeisenform. Die High Heels belegten die ersten drei Plätze am Fenster, während Coco die Sunnys auf die gegenüberliegende Seite zog.

»Du sitzt natürlich bei uns«, sagte Maria-Victoria zu Amelie.

Die vier Mädchen setzten sich und schauten sich im Klassenraum um. Er war größer als die Räume, die man von der Grundschule kannte, hatte graue Möbel und moderne Jalousien. Neben der Tafel war ein überdimensionaler Bildschirm angebracht. »Hey, hier gibt es ein Smart Board«, sagte Konrad-Paul von Klee. Oder war es Eduard-Carl? Amelie wusste es nicht.

»Was ist das?«, fragte Tessa und zog die Augenbrauen hoch.

Der Junge ließ sich nicht lange bitten. »Ein Smart Board, auch Whiteboard genannt, bedient sich der grundlegenden Prinzipien eines Computers. Ein großer Touchscreen zeigt alles, was ein angeschlossener PC ihm überträgt. Der Laptop ist mit dem Board verbunden und ein Beamer wirft das exakte Bild auf genau diesen Bereich. Durch Berührung eines Punkts auf der Leinwand erfährt der Computer genau, was man möchte. Der Mensch übernimmt quasi die Funktion der PC-Maus.«

Frau Rilke lächelte. »Sehr gut … wie war noch mal dein Name?«

»Eduard-Carl Graf von Klee«, antwortete er. »Ich habe heute das blaue Hemd an. Mein Bruder Konrad-Paul trägt das weiße, wenn es Ihnen hilft. Wir sind es gewohnt, dass die Lehrer kleine optische Hilfen brauchen.«

Die Lehrerin nickte. »Okay, für heute kann ich mir das merken, ansonsten müssen wir uns überlegen, wie ich euch auseinanderhalten kann.«

»Eddie könnte sich ein E auf den Handrücken malen und Konni ein K«, schlug Annabell vor. »Oder wie wäre es direkt mit einem Henna-Tattoo? Das hält ein paar Wochen.«

Amelie biss sich vor Lachen auf die Lippen, denn bei »Eddie« und »Konni« zuckten die Zwillinge regelrecht zusammen.

»Wir mögen es nicht, wenn unsere Namen verunstaltet werden«, sagte Konrad-Paul. »Bitte bleibt bei Eduard-Carl und Konrad-Paul oder meinetwegen Eduard und Konrad, aber bitte nicht kürzer! Und Tattoos kommen nicht infrage!«

»Das mit den Tattoos kann ich verstehen, aber ansonsten sind die Jungs irgendwie komisch, oder?«, flüsterte Lara. »Sie sprechen so … vornehm. Das klingt vielleicht blöd.«

Amelie nickte zustimmend. Glücklicherweise schienen die anderen Klassenkameraden ganz okay zu sein. Frau Rilke schlug vor, dass sich jeder vorstellen und ein paar Sätze über sich erzählen sollte. Auch das noch! Als sie an der Reihe war, wurde sie wieder rot, denn vor fremden Leuten sprach sie gar nicht gern. »Ich bin Amelie Jesper oder Amelie – wie ihr möchtet. Wir sind erst vor Kurzem hierhergezogen, deshalb freue ich mich, dass ein paar Mädchen, die ich durch meine neue Tanzschule Dance Star kennengelernt habe, auch in dieser Klasse sind. Meine Hobbys sind Tanzen, Musik hören, Schwimmen und Lesen.«

Die Klassenlehrerin wollte wissen, welche Mädchen ebenfalls bei Dance Star waren, und Lara, Coco und Maria-Victoria hoben die Hand. Nach einem kurzen Zögern meldeten sich auch Tessa, Annabell und Vivien.

»Ihr seid alle Freundinnen aus der Tanzschule? Was für ein schöner Zufall, dass ihr in die gleiche Klasse gekommen seid«, freute sich Frau Rilke.

Tessa meldete sich zu Wort. »Ich möchte gleich etwas klarstellen. Wir tanzen zwar zusammen in einer Gruppe, aber wir sind nicht miteinander befreundet«, sagte sie. »Meine besten Freundinnen sind Viv und Bell, also Vivien Salamander und Annabell Post. Das können Sie auch an unseren Klamotten erkennen. Wir stehen auf Mode und das ist nicht jedermanns Sache.«

Sie warf einen verächtlichen Blick in Richtung der Sunnys.

»Ich hätte nie gedacht, dass Hexen heutzutage Pink und Gold tragen«, murmelte Coco.

»Du bist Tessa Körner, stimmt's? Ich weiß nicht, ob ich das jetzt richtig verstanden habe«, gab Frau Rilke gerade zurück. »Aber ich hoffe, dass ihr euch durch die Klassengemeinschaft jetzt richtig kennenlernen könnt und Freundinnen werdet.«

Die High Heels sahen sich an und zuckten mit den Schultern. Ihre Mienen zeigten, dass sie daran kein Interesse hatten. Die anderen Mitschüler stellten sich vor und Amelie versuchte, sich so viele Namen wie möglich zu merken. Es gab dreizehn Mädchen und zwölf Jungen. Bestimmt würde es einige Tage dauern, bis sie alle Vornamen kannte. Als die Runde zu Ende war, meinte die Lehrerin: »Bevor ich euch alles über die Schule und die ersten Tage erzähle, ein ganz wichtiger Punkt gleich zu Beginn. Es ist gut zu wissen, dass so viele Tänzerinnen unter unseren Mädchen sind, denn vielleicht habt ihr Lust, etwas in der Schule vorzuführen. Wir feiern demnächst ein großes Schulfest. Jede Klasse soll sich dabei auf eine besondere Weise einbringen, beispielsweise am Showprogramm teilnehmen, einen Spielstand organisieren oder etwas zu essen anbieten. Ihr könnt alle darüber nachdenken, was ihr gern machen würdet. Die Vorschläge werden ab sofort angenommen.«

Amelie sah, dass sich die Sunny Sisters fragend anguckten. »Ihr müsst eure Lady-Gaga-Choreo auf jeden Fall aufführen«, sagte sie zu ihnen. »Meldet euch! Lara! Los!«

Ein Junge namens Felix zeigte auf. »Mein Freund Dominik und ich könnten Luftgitarre spielen«, meinte er, und alle lachten. »Ich kann auch das ABC rülpsen. Soll ich?«

»Nein danke!«, winkte Frau Rilke ab. »Diese Art von … Kunststücken wollen wir lieber nicht zeigen.«

Die Sunnys und die High Heels meldeten sich zeitgleich. Die Klassenlehrerin nahm zuerst Maria-Victoria dran. »Wir würden auf jeden Fall gern tanzen«, meinte sie.

»Das Gleiche wollte ich auch gerade sagen!«, meckerte Tessa. »Wir machen auch eine Choreo!«

»Was ist eine … Kroko?«, fragte Felix und die Klasse lachte.

»Eine Choreo, also eine Choreografie, nennt man beim Tanzen die Schritt- und Figurenfolge«, erklärte Tessa verächtlich. »Das weiß man doch.«

Frau Rilke lächelte. »Ich finde es toll, dass ihr eigene Tänze aufführen wollt. Macht ihr das zusammen?« Sie schaute einmal nach rechts und einmal nach links.

»Getrennt!«

»Auf jeden Fall!«

»Jede Gruppe für sich!«

»Ganz bestimmt!«

Selten waren sich die Sunnys und die High Heels so einig wie bei dieser Antwort. Nur Amelie hielt sich zurück, froh darüber, dass sie an dieser Diskussion nicht beteiligt war. Sie war keine Sunny Sister, auch wenn sich gerade eine Freundschaft zwischen ihnen entwickelte. Amelie überlegte, ob sie sich jemals trauen würde, vor großem Publikum aufzutreten. Dabei spielte es keine

Rolle, ob es vor einer Schulgemeinde war oder auf einer großen Bühne. Der Gedanke, dass fremde Menschen ihr zuschauten, jagte ihr eine Heidenangst ein. Deshalb hoffte sie sehr, dass Xenia sie nicht für den Laufsteg-Auftritt auswählen würde, denn dann müsste sie von sich aus absagen.

Wie ihr Papa es schaffte, sich in TV-Sendungen lässig zu geben, auf der Bühne locker zu singen und zu Tausenden von Fans zu sprechen, war ihr schleierhaft. Möglicherweise hatte sie wirklich sein musikalisches Talent geerbt, wie er immer sagte. Seine Bühnensicherheit hatte sie jedoch nicht.

Frau Rilke schlug vor, dass jede Gruppe zu einem Song tanzen sollte, und bat die anderen in der Klasse, sich noch etwas anderes zu überlegen. Der Rest der Doppelstunde verging wie im Flug. Am Ende waren alle mit Zetteln bewaffnet, die ihnen die Schulordnung erklärten, einen Wegweiser durch das Gebäude enthielten und auf denen die ersten Anschaffungen für die verschiedenen Fächer aufgelistet waren. Der letzte Zettel war ein Stundenplan.

»Uff! Jeden Tag sechs oder sieben Stunden, das ist ganz schön lang«, meinte Coco. »Täglich Deutsch, Mathe und Englisch. Und dann noch immer mal wieder Geschichte, Biologie, Erdkunde, Sport, Kunst, Religion … Die hauen ganz schön rein!«

»Aber mit den Lehrern haben wir Glück«, sagte Maria-Victoria leise. »Die meisten Namen kenne ich von den Erzählungen meines Bruders. Da ist keiner dabei, den Nico nicht leiden kann. Schade, beim Rektor haben wir leider keinen Unterricht, also auch keine vielen Vertretungsstunden!«

»Wie praktisch, dass du durch deinen Bruder schon alles über die Schule weißt«, flüsterte Amelie. »Und deinen kleinen Bruder finde ich total süß, Lara. Ich hab leider keine Geschwister.«

Lara steckte die Blätter in die Klarsichtmappe, die sie in ihrem Rucksack mitgebracht hatte. »Marc ist niedlich, aber er kann eine kleine Nervensäge sein, besonders wenn ich auf ihn aufpassen muss! Aber wenn du Marvi zuhörst, ist Nico noch schlimmer, also mach dir nichts draus!«

Maria-Victoria zog die Augenbrauen hoch. »Das kann ich nur bestätigen. Mein Bruder ist nur sehr selten zu ertragen! Und wenn er mit seinem Kumpel Hugo abhängt, dann ist es die schlimmste Mischung unter der Sonne! Ach übrigens, Mädels: Nico und Hugo hatten Glück, dass sie heute bei den Sketchen mitmachen konnten. Alle anderen hatten nämlich Unterricht.«

»Wahrscheinlich sind die zwei nur deswegen in die Theater-AG gegangen, damit sie öfter freihaben«, entgegnete Coco grinsend. »Kein schlechter Trick, oder? Clever, die Jungs!«

»Mit Tricks kennen sich die zwei aus«, meinte Lara lachend. »Und jetzt lasst uns endlich gehen! Das war heute für lange Zeit das letzte Mal, dass wir nur zwei Schulstunden hatten.«

Plaudernd verließen Amelie und ihre neuen Freundinnen den Klassenraum und steuerten auf die Cafeteria zu. Dort verabschiedeten sie sich lautstark und jede von ihnen lief zu ihrer eigenen Familie.

Mama, Papa und Amelies Großeltern belegten einen Tisch in der hintersten Ecke. Johannes Jesper saß mit dem Rücken zu den anderen Leuten, was sicher Absicht war, vermutete Amelie. Er wollte kein Risiko eingehen und das war gut so. Doch obwohl die Cafeteria so voll war, waren alle mit ihren eigenen Kindern beschäftigt, sodass er bisher garantiert nicht aufgefallen war.

»Ich bin fertig! Wir können gehen!«, rief Amelie und strahlte ihre Familie an.

»Da ist aber jemand glücklich«, sagte Oma.

Mama strich ihr eine Locke aus dem Gesicht. »Mensch, Amelie, ich freu mich so für dich! Soweit ich es mitbekommen habe, hat das mit den Mädchen aus der Tanzschule geklappt?«

»Ganz genau«, sagte Amelie. »Auf den allerallerallerletzten Drücker.«

Papa zwinkerte ihr zu. »Ansonsten hätte ich ein Gespräch mit dem Rektor geführt …«

»Papa!«

»Ein Joke! Es war nur ein Scherz, Spätzchen! Ich wollte dich nur ärgern.«

»Soll ich schon mal das Auto holen?«, fragte Opa. Er war sichtlich stolz, dass er heute die dunkelblaue Limousine kutschieren durfte. »Dann kann ich noch eine Runde um den Block fahren und den Leuten zeigen, was für einen tollen Wagen ich habe.«

Amelie lachte. »Opa, du bist ein richtiger Angeber.« Fröhlich plaudernd ging die Familie Jesper in Richtung Ausgang.

»Hey, Amelie! Du musst mir unbedingt deine Telefonnummer aufschreiben!«, rief plötzlich eine Mädchenstimme hinter ihr. Lara und ihre Familie waren auch im Begriff, die Cafeteria zu verlassen. »Das sind übrigens meine Eltern und mein Bruder Marc.« Lara zeigte auf ihre Eltern und einen kleinen Jungen.

Die Erwachsenen gaben sich gegenseitig die Hand, während Amelie in ihrer Tasche nach einem Zettel und Stift kramte. »Das war doch eine schöne Feier, finden Sie nicht auch?«, fragte Frau Waldmann.

Helena Jesper nickte. »Sehr schön, aber für Amelie war vor allem der Ausgang der Feier wichtig. Sie hat so sehr gehofft, mit Ihrer Tochter und den anderen Mädchen in eine Klasse zu kommen. Wir sind neu in der Stadt und sie kennt hier kaum jemanden. Und zuerst sah es auch nicht gut aus.«

»Ja, der Rektor hat es mit der nachträglichen Anmeldung wirklich spannend gemacht«, sagte Laras Vater lächelnd. »Man wundert sich, dass im Zeitalter des Computers so etwas möglich ist. Sie haben Ihre Tochter doch sicher nicht erst gestern angemeldet.«

Sie lachten sich an.

»Sagen Sie mal, kennen wir uns von irgendwoher?«, fragte Laras Mutter Johannes Jesper. »Sie kommen mir so bekannt vor …«

Amelie biss sich auf die Lippen, gab Lara den Zettel

und schaute dann schnell zu Boden, aber ihr Vater blieb ganz ruhig. »Keine Ahnung, möglich wäre es. Die Welt ist klein …«, sagte er nur.

»Ja, das stimmt«, meinte Frau Waldmann. »Aber vielleicht verwechsle ich Sie nur mit jemandem. Einen schönen Tag noch!«

Tori oder Koki?

»Frau Rilke finde ich nett und die anderen Lehrer auch. Aber noch kennen wir sie nicht gut genug. Amelie ist natürlich supersympathisch, das wussten wir schon vorher, auch die anderen Mädchen scheinen okay zu sein. Bis auf die drei giftigen Biester natürlich. Die adeligen Zwillinge sind etwas merkwürdig, Felix und Dominik spielen die Klassenclowns, und zu den anderen Jungs habe ich noch keine Meinung«, fasste Lara die erste Schulwoche zusammen.

»Tessa und ihre zwei Hofdamen scheinen in der Schule genauso mies zu sein, wie wir sie bei Dance Star kennen«, fügte Maria-Victoria hinzu.

Coco nickte. »Tess ist eine richtig blöde Kuh. Gestern hatte sie neue Sandalen an, mit Absatz natürlich, hinten offen. Sie hat total damit angegeben! Ihr hättet sehen müssen, wie abfällig sie meine Ballerinas gemustert hat. ›Kleinmädchentreter‹ hat sie sie genannt. Die freche Schlange wurde erst still, als ich sie gefragt habe, warum sie läuft, als ob sie sich ein Bein gebrochen hätte.«

»Habe ich auch gesehen! Sie konnte mit ihren Sandalen überhaupt nicht laufen, führte sich aber auf wie ein Supermodel«, nickte Maria-Victoria. »Von wegen High Heels! Was glaubt sie eigentlich, wer sie ist? Die neue Heidi Klum?«

»Außerdem stehen sie alle auf Gold und Pink und Glitzerzeug. Die drei hätten sich ›Goldenes Gift‹ nennen sollen oder ›Pinkfarbene Monster‹!«, fügte Lara hinzu. »Mir ist auch schon aufgefallen, wie sie uns alle mustern und kritisieren. Offenbar glauben die Schlangen, dass nur sie den totalen Modedurchblick haben. Annabell und Vivien haben Amelie am zweiten Tag gesagt, dass ihr blauer Rucksack total out sei und sie mal wieder einen Friseur aufsuchen solle. Sie sei nicht mehr in der Grundschule und so schreckliche Locken könnte man glätten. Wie kann man nur so fies sein?!«

Die Sunny Sisters saßen in Cocos Zimmer. Sie trafen sich meistens montags und freitags reihum bei einer von ihnen zu Hause. Dabei wurde gequatscht, gespielt, herumgealbert und natürlich gekichert. Seit dem Mai-Auftritt bei Dance Star nannten sie es ganz offiziell das Sunny-Meeting oder die Sunny-Stunde, weil sie fanden, dass es sich viel cooler anhörte.

»Wenn wir bei dem Schulfest mit einer Choreo auftreten wollen, dann sollten wir ein Plakat dafür malen«, erinnerte Lara ihre Freundinnen. »Ich möchte nämlich nicht, dass wir mit den tanzenden Giftschlangen verwechselt werden. Wir sind die Sunny Sisters!«

»Moment! Bevor wir uns darüber Gedanken machen, habe ich euch noch etwas zu sagen«, meinte Maria-

Victoria mit einem feierlichen Unterton. »Falls unsere Vornamen auf dem Plakat stehen sollen, dann möchte ich Tori genannt werden.«

Die übrigen Mädchen sahen sich belustigt an. »Nicht schon wieder *das* Thema!«, stöhnte Coco.

»Lernst du eigentlich Vornamenbücher auswendig, Marvi?«, meinte Lara. »Warum willst du denn jetzt Tori genannt werden? War es nicht letzten Monat noch Mary-Vic? Und davor Victo-Ma? Warum bleibst du nicht bei Marvi? Das ist schön, kurz und klingt nett. Mit den anderen Namen konnte ich mich sowieso nicht anfreunden. Sie haben mich irgendwie an Medikamente erinnert.«

Coco fiel ihr ins Wort: »Genau! Victo-Ma, das neue Mittel gegen Schnupfen! Oder Mari-Vic – und die Erkältung ist weg!«

Die Mädchen prusteten drauflos und Maria-Victoria schaute ihre Freundinnen böse an. »Was gibt's da zu lachen? Wenn *ihr* einen Namen wie die Queen persönlich hättet, dann würdet ihr euch auch einen anderen wünschen!«, sagte sie grimmig.

Lara legte ihr beschwichtigend eine Hand auf den Arm. »Sorry. Ich wollte dich nicht beleidigen, aber ich finde Maria-Victoria schön. Und die Abkürzung Marvi klingt sogar richtig niedlich!«

»Marvi ist ja noch okay. Aber Maria-Victoria Kolping? Nein, das geht gar nicht! Schließlich will ich es nicht ausbaden, dass meinen Eltern am Tag meiner Geburt nur Königshäuser im Kopf herumgeschwirrt sind. Mein

Bruder hatte es da leichter. Nicolas-William hat sich sowieso nie durchgesetzt. Schon seit dem Kindergarten war er nur noch der Nico. Aber bei mir fanden es irgendwie alle immer schick, mich bei vollem Namen zu nennen. Ich würde gern Sophie oder Laura oder Emma heißen! Lara ist perfekt! Selbst Cosima ist besser als Maria-Victoria«, brauste Maria-Victoria richtig auf.

»Von wegen! ›Cosima, hol du sie mal!‹ Weißt du, wie oft ich diesen Satz schon gehört habe?«, protestierte Coco. »Deshalb ist mir Coco tausend Mal lieber.«

»Vielleicht sollten wir dich Cosi nennen«, sagte Lara. »War Coco nicht ein Affe?«

»Oder Coci«, schlug Maria-Victoria vor.

»Koki? Das klingt ja ätzend!«, protestierte Coco. »Wie eine Abkürzung für ›kontrollierte Kiwis‹. Das geht gar nicht. Da ist mir ein lustiger Affe schon lieber.«

»Was sind kontrollierte Kiwis?«, wollte Maria-Victoria wissen, aber Coco zuckte nur mit den Schultern. »Was weiß ich. Es könnte auch ›Kommunionkinder‹ heißen oder ›Kohlrabi-Kisten‹. Koki klingt seltsam.«

»Aber wir würden dich zweimal mit C schreiben, dann würde es cool aussehen«, sagte Lara.

Coco schüttelte entschieden den Kopf. »Auf keinen Fall! Ich bleibe Coco, da könnt ihr machen, was ihr wollt. Aber Lara hat recht: Du bist unsere Marvi. An die neuen Namen kann ich mich auch nie gewöhnen.«

»Überleg dir das noch mal mit Tori«, sagte Lara. »Sonst könnte man meinen, du spielst Fußball und schießt viele Tori.«

Die Mädchen mussten wieder gackern und Maria-Victoria schaute ziemlich eingeschnappt drein. »Ihr seid doof!«, meckerte sie, musste aber am Ende selbst lachen. »Na gut, meinetwegen. Ich bleibe erst einmal weiter bei Marvi.«

Coco riss ein Blatt aus ihrem Notizbuch und schrieb groß Sunny Sisters in die Mitte. Drumherum verteilte sie ihre drei Namen und malte jedem ein Herzchen darunter. »Mädels, ist euch klar, dass wir schon seit fast sechs Jahren befreundet sind?«

Maria-Victoria nickte und schien ein wenig besänftigt: »Seit dem Frühlingsfest im Kindergarten. Wisst ihr noch, als wir die Minidisco-Lieder getanzt haben?«

Die Mädchen lachten. Sie alle erinnerten sich noch ganz genau an ihren ersten Auftritt. Mit tapsigen Schritten und großen Blumen im Haar hatten sie im letzten Kindergartenjahr mithilfe der Erzieherinnen ihre erste Choreografie einstudiert – für einen großen Auftritt vor allen Eltern und Geschwistern.

»Lara ist hingefallen, wieder aufgestanden und hat heulend weitergetanzt«, erinnerte sich Maria-Victoria schmunzelnd. »Und ich wollte ihr den Schmerz wegpusten, musste mich aber auf die Schritte konzentrieren. Also drehte ich mich und pustete einfach in die Gegend.«

»Als die Musik zu Ende war, wollte ich am liebsten

noch mal von vorn anfangen.« Lara war in Gedanken versunken. »Ich fand uns so schön … und die Bewegungen … und die Lieder … und den Applaus … Da wurde mir klar, dass ich das immer weitermachen wollte.«

Den anderen beiden Mädchen ging es genauso. Nach dem Fest hatten sie sich ewige Freundschaft geschworen und ihre Mütter gebeten, sie bei einer Tanzgruppe anzumelden. Und so waren sie zu Dance Star gekommen.

»Wer hätte gedacht, dass unser Hobby aus uns die besten Freundinnen machen würde?«, fragte Lara. »Ist das nicht cool, dass wir uns noch nie richtig gestritten haben?«

»Jedenfalls nicht richtig schlimm«, korrigierte Coco grinsend. »Manchmal seid ihr nämlich kleine Nervensägen.«

»Und du sogar eine große«, boxte sie Lara freundschaftlich in die Seite. Sie schaute in die Runde und betrachtete lächelnd die anderen Mädchen. Coco, die genauso blondes Haar hatte wie sie selbst, es aber kürzer trug, und Maria-Victoria mit dem kinnlangen braunen Bob. Sie hatten sich gesucht und gefunden, wie ihre Mutter immer sagte. Auch in der Grundschule waren sie weiterhin befreundet geblieben und das gemeinsame Tanzen hatte sie zusammengeschweißt und zu richtig dicken Freundinnen werden lassen.

Natürlich war nicht immer alles so friedlich wie jetzt. Kleine Streitereien gab es hin und wieder schon, aber genauso schnell konnten sie sich wieder vertragen und waren nie länger als einen Tag aufeinander böse gewesen.

Sollte sie es jetzt vorschlagen oder nicht?

Lara wusste nicht, wie sie sich verhalten sollte. Sie hatte vor, die anderen Mädels zu fragen, ob sie Amelie zu einem ihrer Treffen einladen dürfte, aber sie traute sich nicht. Bislang war noch nie eine andere Freundin bei einer Sunny-Stunde dabei gewesen. Sie hatten sich natürlich hin und wieder auch mit anderen Mädchen verabredet und hockten nicht immer nur zusammen, aber das Sunny-Meeting gehörte ihnen allein. Andererseits waren die anderen Spielkameradinnen keine Mädchen aus der Tanzschule und Amelie war schließlich eine von ihnen.

Lara schluckte und entschloss sich, einfach mal zu fragen.

»Ich habe eine Frage«, begann sie daher langsam. »Ihr dürft natürlich Nein sagen, das akzeptiere ich auch sofort.«

»Was ist los?« Coco nahm sich eine Salzstange und knabberte daran.

»Geht es um Amelie?« Maria-Victoria schien schon zu ahnen, was Lara sagen wollte.

Diese nickte. »Ich wollte euch fragen, ob wir sie zu dem Sunny-Meeting am Montag einladen könnten«, fuhr sie fort. »Wir kennen sie noch nicht so lange, ich weiß. Aber sie scheint sehr nett zu sein, ist neu in der Stadt und ich denke, dass sie außer uns niemanden kennt. Ich wollte mich mit ihr sowieso einmal verabreden, aber bestimmt wäre es für sie schöner, wenn sie mit uns allen abhängen könnte. Außerdem ist sie sowohl in unserer Klasse als auch in unserer Tanzgruppe. Das zählt doppelt.«

»Von mir aus gern«, sagte Maria-Victoria. »Sie ist wirklich sympathisch, und ich hätte nichts dagegen, wenn sie einmal vorbeikommt. Was meinst du, Coco?«

Coco grinste. »Solange ihr mich nicht Cosi oder Koki nennt, mache ich alles mit. Aber Spaß beiseite, ich mag Amelie auch. Sie kann gern mitkommen. Trotzdem sollten wir sie erst richtig kennenlernen.«

»Wie meinst du das?«, fragte Lara.

»Genauso wie unsere Tori-Marvi-Safari …«

»Coco!«

»Schon gut! Ich bin eben auch der Meinung, dass Amelie das nicht so verstehen soll, dass sie ab sofort immer dabei sein darf, denn sie ist ja keine Sunny Sister. Wir können sie einladen, und wenn es gut läuft, dann kann man es irgendwann wiederholen. Ich möchte nur nicht, dass sie gleich annimmt, dass sie jetzt automatisch ein vollständiges Mitglied der Sunnys ist.«

Lara fand zwar, dass es sich aus Cocos Mund wie ein exklusiver Club anhörte, sagte aber nichts dazu. Sie freute sich, dass ihre Freundinnen Amelie ebenfalls mochten, und wollte die gute Stimmung nicht verderben.

Zu Hause beschloss Lara, nicht bis zum nächsten Tag zu warten, sondern Amelie sofort anzurufen, um sie für den kommenden Montag zum Sunny-Meeting einzuladen. Wo hatte sie bloß den Zettel mit ihrer Telefonnummer hingelegt?

Als ihn Lara nicht auf Anhieb fand, fragte sie ihre Mutter, ob sie im Internet bei telefonbuch.de nach der Nummer von Familie Jesper schauen dürfte.

»Ach ja, die Jespers, die waren ganz nett. Den Vater deiner Freundin, den kenne ich von irgendwoher. Ich komme nur nicht drauf, woher«, sagte Mama.

»Sie sind erst seit ein paar Monaten in der Stadt, also kann ich mir nicht vorstellen, dass du ihn kennst«, sagte Lara gedankenverloren, während sie die Einträge durchforstete. »Die stehen nicht drin«, sagte sie, als sie nichts entdeckte. Dann fiel ihr ein, dass Amelie ihr eine Handynummer aufgeschrieben hatte. »Komisch. Ob sie vielleicht noch keine Festnetznummer haben? Sie wohnen ja erst seit ein paar Monaten hier.«

»Kann ich mir nicht vorstellen, dass das so lange dauert«, antwortete ihre Mutter. »Aber manche Leute wollen vielleicht ihre Privatnummer nicht einfach so herausgeben und lassen sie gar nicht erst eintragen.«

Lara ging zurück in ihr Zimmer und schaute in ihr Mäppchen. Tatsächlich! Heraus flatterte ein kleiner gelber Zettel, auf dem Amelie ihre Handynummer aufgeschrieben hatte.

»Ich habe sie!«, rief Lara und schnappte sich das Telefon. Nach mehrmaligem Klingeln ging jemand ran. »Apparat Amelie Jesper, guten Tag«, sagte eine Frauenstimme.

Apparat Amelie Jesper?

Was sollte das denn?

Welcher Scherzkeks war denn da am anderen Ende?

War das etwa Amelies Mutter, die sich einen Spaß erlaubte?

»Hi, hier ist Lara Waldmann. Kann ich bitte Amelie sprechen?«, fragte sie.

»Einen Moment bitte. Ich schaue nach, ob Amelie noch Tennis spielt.«

Es machte Klick und in der Leitung ertönte nun ein Warteschleifen-Lied. Es war ein Popsong, den Lara ganz gern mochte. Er hieß »Just A Nice Girl« und war, soweit sie sich erinnern konnte, von John Jefferson.

Lara überlegte, ob Amelie ihr erzählt hatte, dass sie neben dem Tanzen noch Tennis spielte. Sie konnte sich nicht daran erinnern, ob sie einen Tennisverein erwähnt hatte. Andererseits kannten sie sich auch noch nicht lange genug.

»Ich verbinde«, die Stimme war plötzlich wieder da und nach abermaligem Klicken war plötzlich Amelie dran. »Hallo? Lara? Bist du das?«

»Wer war denn das gerade?«

»Wen meinst du?«

Lara verdrehte die Augen. »Die Frau am Telefon. Das war doch nicht deine Mutter, oder?«

»Nein.«

»Und wer war das? Jemand vom Verein? Bei welchem bist du eigentlich?«

»Welcher Verein?« Amelie klang verwirrt.

»Na, in dem du Tennis spielst. Ich wusste gar nicht, dass du dich in unserer Stadt irgendwo angemeldet hast.«

Einen Moment lang sagte Amelie nichts.
»Hallo?«, rief Lara. »Bist du noch da?«
»Nein. Ja. Ja, ich bin noch da, und nein, ich spiele bei keinem Verein. Ich … spiele nur so zum Spaß. Zu Hause … im … Garten.«
Lara musste lachen. »Du spielst Tennis zu Hause im Garten? Habt ihr einen so großen Rasen? Meine Mutter würde mich killen, wenn ich über ihre Blumen- oder Kräuterbeete Bälle schlagen würde.«
»Wir … haben … einen … ziemlich … großen … Garten … ich meine, Rasen …«, stammelte Amelie.
»Super! Was hältst du davon, wenn ich morgen vorbeikomme und wir zusammen auf eurem großen Rasen spielen? Vielleicht Badminton? Tennis kann ich nämlich nicht«, schlug Lara vor.
»Nein«, kam Amelies schnelle Antwort.
Zu schnell, wie Lara fand.
»Und übermorgen?«

Amelie sagte einen Moment lang nichts und antwortete dann: »Da kann ich auch nicht.«

»Na gut, dann sag mir, wann es dir am besten passen würde. Irgendwann in der nächsten Woche?«

Am anderen Ende der Leitung herrschte wieder Stille, dann sagte Amelie mit gepresster Stimme: »Ich glaube … das wird nicht klappen. Ich … weiß es noch nicht … Rufst du aus einem besonderen Grund an?«

Lara fand die neue Freundin gerade ziemlich merkwürdig. Ihr verging plötzlich die Lust, sie für Montag zum Sunny-Meeting einzuladen. »Nein«, sagte sie daher ausweichend. »Ich wollte nur ein bisschen quatschen, aber wenn du gerade beschäftigt bist, dann sehen wir uns am Montag in der Schule. Tschüss!«

Sie legte auf.

Vielleicht hatte Coco recht.

Sie sollten Amelie erst einmal richtig kennenlernen.

Wenn sie herumzickte, dann war sie bei den Sunny Sisters falsch.

Ein total fieser Plan

Amelie war sauer auf sich selbst.

Sie wusste natürlich, dass sie sich komisch am Telefon verhalten hatte, und spürte, dass Lara ihr den eigentlichen Grund ihres Anrufs nicht verraten wollte, nachdem sie so doof reagiert hatte.

Tennis im Garten!

Auf einem großen Rasen!

Und die Lüge, dass sie keine Zeit hätte!

Was für einen Blödsinn hatte sie da bloß erzählt!

Was wäre dabei gewesen, wenn sie zugegeben hätte, dass sie einen eigenen Tennisplatz besaßen und sie gegen die Ballmaschine trainiert hatte? Sie hätte für sich behalten können, dass Papas Sekretärin an Amelies Handy gegangen war, denn das war nicht so wichtig.

Aber ein Tennisplatz war doch nichts Schlimmes, oder? Irgendwann wollte sie doch die neuen Freundinnen zu sich nach Hause einladen, dann würden sie es sowieso herausfinden!

Wenn sie normal reagiert hätte, dann hätte sie sich mit Lara für den nächsten Tag verabreden können und könnte sich auf etwas freuen.

So aber stand ihr wieder einmal ein total langweiliges Wochenende bevor. Ihre Eltern waren bis Montag verreist, Oma würde Marmelade einkochen und Opa in seinem kleinen Garten hinter dem Knusperhaus arbeiten, in den er keinen Gärtner hineinlassen wollte.

Mit dem Fahrrad bis in die Stadt fahren durfte sie nicht. Mama fand, dass die Strecke zu weit war und die Gegend zu einsam. Was sollte sie also tun? Ihr erster Gedanke war, Lara zurückzurufen, ihr alles zu erklären und sie für den nächsten Tag einzuladen. Doch als sie das Handy in der Hand hatte, traute sie sich dann doch nicht. Was, wenn ihr die neue Freundin gar nicht zuhören wollte? So gut kannten sie sich noch nicht.

Amelie ging ins Haus, wo Frau Jürgens, die ältere Haushälterin, gerade ihre Schürze weghängte.

»Ich geh dann jetzt«, sagte sie und lächelte Amelie freundlich an. »Die Sekretärin deines Vaters ist auch gerade weg. Ich hab das Büro gesaugt und abgeschlossen. Brauchst du noch etwas? Kommt dein Großvater gleich rüber?«

Wenn Mama und Papa verreist waren und Amelie im Knusperzimmer schlief, sah Opa abends nach dem Rechten in der großen Villa. Er sorgte dafür, dass die Alarmanlage eingeschaltet war und alle Fenster und Türen verschlossen blieben.

Amelie nickte. »Er kommt sofort. Und nein danke, ich brauche nichts. Ein schönes Wochenende.«

Frau Jürgens und die übrigen Angestellten kamen von Montag bis Freitag jeden Tag, aber am Wochenende wollte Familie Jesper unter sich sein. Wenn Papa zu Hause war, schliefen sie lange aus, machten sich ein gemütliches Frühstück, gingen schwimmen, spielten Tennis oder unternahmen andere Sachen. So ein Familienwochenende ohne andere Leute im Haus war wirklich schön!

Unter sich.

Na, prima.

Nur ein Drittel der Familie war hier.

Nur sie.

Amelie ärgerte sich auf einmal, dass die Eltern weggefahren waren. Und dann tat sie sich selbst leid. Anscheinend kümmerte es niemanden, dass sie hier ganz allein in diesem riesigen Haus hockte!

Sie hatte keine Freundinnen!

Sie hatte nichts zu tun!

Allein zu schwimmen oder Tennis zu spielen war Schrott, Schrott, Schrott!

Nicht mal tanzen machte allein wirklich Spaß!

Wie aufs Stichwort fiel Amelie ein, dass bei Dance Star wahrscheinlich gerade die coolsten Kurse liefen und sie noch nicht mal vorbeifahren konnte, um sie sich anzugucken. Andere Mädchen hingen ständig in der Tanzschule ab! Soweit sie es mitbekommen hatte, trainierten die Sunny Sisters auch außer der Reihe dort.

Frau Jürgens hielt schon den Autoschlüssel in der Hand, da kam Amelie plötzlich eine verwegene Idee. Vielleicht sollte sie einen Versuch wagen? Wenn sie rein zufällig Lara oder die anderen Sunnys bei Dance Star treffen würde, dann könnte sie ihr Verhalten am Telefon irgendwie rechtfertigen! Ihr Blick auf die Haushälterin genügte, um ihr Vorhaben in die Tat umzusetzen.

»Frau Jürgens«, begann sie vorsichtig. »Fahren Sie zufällig in Richtung Gewerbegebiet Ost?«

»Warum?«

»Dort ist meine Tanzschule und da findet heute ein Sondertraining statt«, schwindelte Amelie.

»Jetzt noch? Es ist schon halb sieben«, wunderte sich Frau Jürgens.

»Ja, genau. Es wird für einen Auftritt bei einer Modemesse trainiert.«

Die Haushälterin sah sie begeistert an. »Kommt das auch im Fernsehen?«

Amelie war froh, jetzt nicht mehr lügen zu müssen, und erzählte Frau Jürgens von der Anfrage. »Keine Ahnung, ob es auch im Fernsehen kommt, aber ich würde gern trainieren gehen, damit meine Chancen, ausgewählt zu werden, noch mehr steigen«, veränderte sie die Wahrheit ein wenig.

»Das finde ich toll! Dann würde ich nicht nur deinen Vater, sondern auch dich mal im Fernsehen sehen! Ich kann dich gern zum Training fahren«, bot Frau Jürgens an. »Aber irgendjemand müsste dich dann abholen. Mensch! John Jeffersons Tochter auch schon im Fernsehen! Ihr seid aber auch talentiert!«

Frau Jürgens schien Feuer und Flamme zu sein. Sie hatte zwar genauso wie das andere Personal eine Geheimhaltungsvereinbarung unterschrieben, damit sie nicht verriet, wer im Jesper-Haushalt wirklich wohnte. Doch das hinderte sie nicht daran, ein glühender Fan von John Jefferson zu sein.

»Danke!« Amelie flitzte schon in die Küche und griff nach dem Haustelefon. Sie drückte zwei Tasten und hatte sogleich Oma am Apparat. »Ich fahre noch mal kurz zur Tanzschule, Frau Jürgens setzt mich dort ab. Ich erkläre dir alles später, Omi. Meinst du, einer von euch könnte mich in einer Stunde dort abholen?«

Oma war offensichtlich völlig überrumpelt, aber da sie wusste, dass ihre Enkelin zuverlässig war, stellte sie jetzt keine weiteren Fragen. Sie nahm ihr nur das Versprechen ab, ganz bestimmt bei Dance Star zu bleiben. »Um halb acht holen wir dich ab. Und du wartest bitte drinnen!«

In der Tanzschule war es ziemlich laut. In den drei Haupt-Übungsräumen probten verschiedene Kurse. Es gab eine Formation mit lateinamerikanischen Tänzen, bei der sechs Paare gerade eine Samba einübten, eine Hip-Hop-Gruppe, die nur aus älteren Jungen bestand, und einen Schülerkurs, der Discofox tanzte.

Amelie ging den Flur entlang und hoffte, in einem der kleineren Räume, die weiter hinten lagen, die Sunny Sisters zu finden. Sie wusste natürlich, dass die Wahrscheinlichkeit, sie hier und jetzt anzutreffen, nicht allzu hoch war. Doch es war besser nachzuschauen, statt zu Hause zu hocken und Trübsal zu blasen. Sollten die Mädchen nicht hier sein, würde sie den Jugendlichen bei der lateinamerikanischen Formation zuschauen und auf ihr »Taxi« nach Hause warten.

In den ersten beiden Räumen war es dunkel, stellte Amelie ziemlich enttäuscht fest. Dann sah sie, dass im letzten Raum Licht brannte. Sie hörte Musik, Gelächter und Mädchenstimmen.

Waren das etwa die Sunny Sisters?

Amelie ging mit klopfendem Herzen näher und spähte durch die halb geöffnete Tür. Zuerst konnte sie niemanden erkennen, aber sie hörte eine Stimme, die ihr sehr bekannt vorkam. Sie blieb abrupt stehen.

»... und dann ziehen wir das heißeste Tanzoutfit an und stechen diese Freaky Sisters total aus!«

Das hörte sich nach Annabell an! Es schienen die High Heels zu sein. Amelie hielt den Atem an.

»Freaky ist gut, Bell. Sunny Sisters ist so ein bescheuerter Name! Und du hast echt mit Frau Rilke gesprochen, Tess?«

Das war eindeutig Vivien. Jetzt sprach auch Tessa.

»Der Rilke kann man echt alles einreden. Ich hab ihr erklärt, dass wir den Tanzauftritt eröffnen und beenden möchten, weil unsere Songs kürzer sind als der eine Song der Freaks. Außerdem hab ich angeboten, die Ansage für uns alle zu machen. Das fand sie ganz toll!«

»Aber unsere Songs sind nicht kürzer!«

»Na und? Das weiß sie doch nicht!«

»Tess, du bist genial! Dabei wollte Frau Rilke doch erst am Montag in der Klassenlehrerstunde mit uns den Auftritt besprechen!«

»Genau deswegen habe ich sie ja vorab bearbeitet. Wenn sie es der Klasse als fertigen Beschluss mitteilt, dann werden sich die Sunny-Freaks nicht trauen, etwas dagegen zu unternehmen.«

Amelie ballte die Fäuste. Am liebsten wäre sie jetzt in den Raum hineingeplatzt und hätte den gemeinen High Heels die Meinung gesagt. Doch sie beschloss, zuerst weiterzulauschen, um noch mehr herauszufinden. Das Trio schien eine Intrige zu schmieden!

»Krass! Und wenn du tatsächlich die Ansage machen darfst, dann kannst du ja nuscheln und aus Sunny Freaky machen, Tess! Das wird ein Spaß!«

»Klar, und das ist noch nicht alles. Das Genialste kommt erst: Ich hab zwar zuerst von anderen Liedern gesprochen, aber es gibt eine Änderung. Wir machen zu Beginn auch eine Lady-Gaga-Choreo auf denselben Song wie die Freaks. Und wenn wir damit beginnen, dann stehen sie als Nachahmer da. Niemand wird wissen, wer den Song zuerst eingeplant hatte. Entweder verzichten sie spontan auf ihren Auftritt oder sie tanzen und sind nichts weiter als unsere Kopien! Wie findet ihr das?«

»Genial«, flüsterte Vivien. »Absolut genial. Aber auch ein klein wenig fies, oder?«

Amelie hörte die drei lachen. »Warum? Das nennt man künstlerische Freiheit. Wir können doch tanzen, was wir wollen!«, meinte Tessa. »Und danach nehmen wir uns den Auftritt bei der Modemesse vor. Wir gehören auf den Laufsteg und die Freaks in die Freakshow! Die sind vom Aussehen her völlig ungeeignet! Ich weiß nicht, ob sie die Neue auch schon bei sich aufgenommen haben, aber sie ist genauso klein wie die Kolping, und außerdem sind sie alle vier hässlich. Die müssen wir irgendwie aus der Vorauswahl herauskegeln!«

Amelie hatte genug gehört.

Sie war fassungslos.

So eine Gemeinheit!

Die High Heels schmiedeten einen ganz fiesen Plan gegen die Sunny Sisters!

Niemals hätte sich Amelie vorstellen können, dass es so böse Mädchen gab. Sie wollten die Modemesse und den Schulauftritt ihrer neuen Freundinnen nach Möglichkeit verhindern oder sie total blamieren. Und sie hatten sogar schon die ahnungslose Klassenlehrerin auf ihre Seite gezogen!

Auf Zehenspitzen schlich sie sich zurück. Ihr Entschluss stand fest: Amelie musste die Sunny Sisters warnen. Und das noch möglichst vor Montag. Als sie eine Dreiviertelstunde später von Oma abgeholt wurde, kochte sie immer noch vor Wut.

»Was ist denn los, Engelchen?«, fragte die Großmutter, die ihrer Enkelin anmerkte, dass etwas nicht stimmte.

»Omi, ich habe Mist gebaut und jetzt habe ich einen noch größeren Mist gehört! Und jetzt muss ich den einen Mist wiedergutmachen, damit wir den anderen Mist verhindern können!«, sprudelte es aus ihr heraus.

Oma sah sie von der Seite an. »Ich habe kein Wort verstanden. Jetzt atme erst mal tief durch und dann erzähl mir, was dir auf dem Herzen liegt.«

Amelie befolgte ihren Rat und während der Fahrt wurde Oma über alle Einzelheiten informiert. Erst über Laras Anruf und dann über das, was sie gerade gehört hatte. »Das ist aber nicht nett von diesen Mädchen«, sagte sie missbilligend.

»*Nicht nett* ist total untertrieben! Das sind ganz schlimme Schlangen!«, knurrte Amelie, während sie ausstiegen. »Jetzt muss ich das Lara und den anderen unbedingt erzählen! Noch vor Montag!«

»Also rufst du sie doch an? Das finde ich gut. Du darfst nicht so schüchtern sein. Geh mehr auf die Menschen zu, Amelie. Niemand ist ein Hellseher und kann deine Gedanken lesen. Irgendwann solltest du deinen neuen Freundinnen alles erklären, und wenn du sie nicht sofort zu euch nach Hause einladen möchtest, dann könnt ihr euch auch beispielsweise in einer Eisdiele treffen.«

Amelie sah ihre Großmutter von der Seite an und nickte.

Oma hatte recht.

Das war eine gute Idee.

Genau so würde sie es auch machen.

Sobald sie vor dem Knusperhaus ankamen, ging Amelie in das kleine Knusperzimmer unter dem Dach und schloss die Tür. Sie nahm ihr Handy aus der Tasche und wählte mit klopfendem Herzen Laras Nummer.

Hoffentlich würde sie überhaupt mit ihr sprechen wollen!

Nach mehrmaligem Klingeln hob jemand ab.

»Haaallooo? Saaandmaaann?«, krähte eine Kinderstimme in den Hörer. Amelie musste lachen. Das war offensichtlich Laras jüngerer Bruder Marc.

»Nein, hier ist nicht der Sandmann. Hier spricht Amelie.«

»Teeeddyyy? Hallooo! Wo bisssu denn?«

Amelie kicherte. »Nein, hier spricht nicht dein Teddy. Hier ist Amelie. Gibst du mir mal Lara, bitte?«

»Laaaraaa, Teeeddyyy ist am Teeeleeefooon!«

»Nein, nein! Amelie! Nicht Teddy!«, wiederholte Amelie lachend.

Am anderen Ende der Leitung hörte sie ein paar Wortfetzen und dann meldete sich Lara.

»Lara Waldmann.«

Amelie kniff nervös die Augen zusammen. »Ja, hallo, hier ist Amelie. Entschuldige, dass ich noch so spät anrufe …«

»Kein Problem!« Lara klang freundlich und Amelie fühlte sich ermutigt.

»Zuerst wollte ich mich für vorhin entschuldigen. Ich war irgendwie blöd am Telefon, ich weiß, aber das hatte einen bestimmten Grund ... Das will ich dir mal in aller Ruhe erklären ...« Amelie stockte.

»Okay, da bin ich aber gespannt«, antwortete Lara langsam, aber ihr Tonfall war immer noch freundlich.

»Aber zuerst muss ich dir etwas viel Dringenderes erzählen. Also euch allen, den Sunny Sisters. Ich war nämlich vorhin bei Dance Star und ...«

Lara unterbrach sie erstaunt. »Du warst vorhin in der Tanzschule? Echt? Mit wem denn?«

»Allein.«

»Allein? Warum? Was hast du denn dort gemacht?«

Amelie seufzte. »Lange Geschichte, gehört auch zu der Erklärung, von der ich vorhin erzählt habe. Jedenfalls waren dort die High Heels und ich habe sie zufällig belauscht. Sie planen eine Intrige gegen euch, gegen uns alle!«

Lara schien nicht zu glauben, was sie da hörte. »Die ekligen Giftschuhe? Sie waren dort? In der Tanzschule?«

Amelie nickte, dann fiel ihr ein, dass Lara sie nicht sehen konnte. »Genau, sie haben wohl trainiert. Als ich sie zufällig gehört habe, haben sie ziemlich gemeine Dinge gesagt. Sie schmieden einen fiesen Plan gegen euch, gegen die Sunnys. Es geht um den Auftritt in der Schule und um die Modenschau. Ich muss dir das alles unbedingt genau erzählen, aber noch vor Montag, denn es geht auch um die Klassenlehrerstunde bei Frau Rilke!«

Lara pfiff leise durch die Zähne. »Okay, das scheint ja eine ganze Menge fieses Zeug zu sein und es hört sich echt nicht gut an. Was hältst du davon, wenn wir uns alle morgen treffen? Hast du überhaupt am Wochenende Zeit? Ich dachte, du kannst nicht?«

»Doch! Ich habe Zeit«, beeilte sich Amelie zu sagen. »Es war alles ein Missverständnis und … na ja, ich werde es dir erklären. Morgen passt es ganz gut! Sollen wir ein Eis essen gehen?«

Lara schien einen Moment zu überlegen. Dann sagte sie: »Pass auf, wir machen das so: Ich bespreche das kurz mit Marvi und Coco und schreibe dir eine SMS, wann und wo wir uns treffen, ja?«

Sie verabschiedeten sich und Amelie atmete auf. Lara war wieder ganz die Alte und die Freundschaft schien nicht mehr gefährdet zu sein. Gut, dass sie sich getraut hatte, bei ihr anzurufen!

Sie ging hinunter und erzählte Oma, dass alles wieder im Lot war.

»Das freut mich für dich, Engelchen«, sagte diese und deckte den Tisch für das Abendessen.

Eine halbe Stunde später piepte Amelies Handy. »Coco und Marvi können nur vormittags. Sollen wir dich um 10 Uhr besuchen? Du musst mir nur deine Adresse geben.«

Amelie starrte auf die Nachricht und überlegte, wie sie jetzt reagieren sollte.

»Was ist los?« Oma sah, dass irgendetwas nicht stimmte, und Amelie hielt ihr das Handy hin.

»Wenn ich jetzt Nein sage, dann wird's wieder komisch, oder?«

Oma runzelte die Stirn. »Versetz dich mal in die Lage deiner Freundin. Würde es dir nicht auch komisch vorkommen, wenn jemand so einen Eiertanz veranstalten würde?«

Amelie nickte. »Ich glaub schon.«

Oma legte ihr eine Hand auf die Schulter. »Sieh mal, du sollst den Mädchen nichts von deinem Vater erzählen, er ist ja sowieso nicht da. Aber wenn du glaubst, dass sie deine Freundinnen werden könnten, dann kannst du sie doch hierher einladen.«

»Aber wenn sie das große Haus sehen, den Pool und den Tennisplatz, dann werden sie sicher wissen wollen, warum wir so viel Geld haben. Ich hasse es anzugeben.«

»Du musst doch nicht angeben! Ich glaube nicht, dass die Mädchen so schlecht erzogen sind und so eine private Frage stellen werden«, meinte Oma. »Aber selbst wenn: Dann sagst du einfach, dass das Privatsache deiner Eltern sei.«

Amelie dachte, dass ihre Großmutter trotz ihrer jung gebliebenen Art die modernen Mädchen und ihre direkte Art nur ganz schlecht einschätzen konnte, sagte aber nichts mehr.

»Hör mal, Engelchen: Wenn du nicht mit ihnen in euer Haus gehen möchtest, dann könnt ihr euch auch hier bei uns zusammensetzen. Dann werden deine Freundinnen fürs Erste nur die Außenanlage zu sehen bekommen.«

Amelie sah Oma an und lächelte.

Das war eine gute Idee!

Und wenn sie die Sunnys vom Tor aus direkt zum Knusperhaus führte, dann würden sie unter Umständen nur einen Teil der Villa und des Tennisplatzes sehen.

Da Amelie auf keinen Fall riskieren wollte, dass Lara sie wieder komisch finden könnte, entschloss sie sich, auf Omas Vorschlag einzugehen und die Mädchen tatsächlich zu sich einzuladen. »Danke, Omi. Genauso machen wir es. Wir bleiben hier im Knusperhaus.«

Besuch im Knusperhaus

Am nächsten Morgen war Amelie schon früh wach. Sie frühstückte nur wenig, duschte und holte sich aus der Villa frische Anziehsachen. Mama rief an und wollte wissen, ob es etwas Neues gab. Amelie berichtete verkürzt von ihren Erlebnissen und die Mutter freute sich, dass sie Besuch bekommen würde.

»Ihr könnt auch schwimmen gehen, wenn ihr möchtet! Der Pool ist frisch gereinigt. Und wenn das Wetter gut ist, dann kannst du auch das Dach und die Wand öffnen. Dann habt ihr es wie im Urlaub. Opa soll nur heute Abend alles wieder gut verschließen. Ich bin so froh, dass du endlich richtige Freundschaften schließt, Spätzchen!«

Mama schien sich so für sie zu freuen. Amelie brachte es nicht übers Herz, ihr zu sagen, dass sie gar nicht in die Villa gehen, sondern im Esszimmer im Knusperhaus bleiben würden. Und dass sie nach Möglichkeit nur wenig vom Haus zeigen wollte.

Um kurz vor zehn Uhr fuhr sie auf ihrem Waveboard den Weg bis zum Tor, öffnete es ein Stück und wartete. Ihr Herz klopfte. Würden die Sunnys komisch reagie-

ren, wenn sie das Anwesen sehen würden? Hoffentlich dachten sie nicht, dass Amelie eine Angeberin war. Sie hatte noch deutlich die Beschimpfung »verwöhnte Millionärsgöre« im Ohr, die ihr einige Kinder in ihrer alten Schule an den Kopf geworfen hatten. Damals tat das ganz schön weh.

»Sind wir hier richtig?«

»Das muss hier sein, oder?«

»Hier steht ›Privatstraße‹!«

»Was heißt das? Gehört ihnen die Straße?«

Amelie hörte die Stimmen von Lara, Maria-Victoria und Coco schon von Weitem. Dann sah sie sie auch auf ihren Fahrrädern auf sich zukommen.

»Hallo!«, rief Amelie und winkte den Mädchen zu. »Hier ist es!«

»Hi. Du wohnst ganz schön weit draußen«, sagte Lara

und schob ihr Rad durch das Tor hindurch. »Wir waren fast eine Viertelstunde unterwegs.«

»Ich durfte von hier aus noch nie mit dem Fahrrad in die Stadt fahren«, gab Amelie zu. »Meine Mutter meint, dass es zu gefährlich sei, weil die Wege hier so einsam sind. Mich nervt es, dass es so weit außerhalb liegt.«

Maria-Victoria lächelte. »Also ich fände es schön, hier draußen zu wohnen. Mitten in der Natur.«

»Marvi ist ja auch unser Naturkind«, meinte Coco und zwinkerte Amelie zu. »Sie möchte Försterin werden. Oder Bäuerin.«

»Quatsch!«, entgegnete Maria-Victoria lachend. »Aber ich finde es auf dem Land schöner als in der Stadt. Man kann die Vögel zwitschern hören.«

»Marvi, jetzt tu nicht so, als ob wir in New York wohnen würden! Unsere Stadt hat gerade einmal fünfzigtausend Einwohner«, meinte Lara. »Bei euch kann man auch Vogelgezwitscher hören. Außerdem willst du nur deshalb hier wohnen, weil du nicht gern Fahrrad fährst und dich am liebsten mit dem Auto herumkutschieren lässt.«

Maria-Victoria grinste. »Da ist was Wahres dran.«

Coco sah Amelie an. »Lara sagt, die hochhackigen Giftschuhe führen etwas im Schilde?«

»Oh ja. Ich muss es euch unbedingt der Reihe nach erzählen. Wir gehen am besten ins Haus.«

Amelie schlug nicht den Hauptweg zur Villa ein, sondern führte die Mädchen rechtsherum auf einen Pfad inmitten von dicht bewachsenen Sträuchern. Von hier aus konnte man zwar ein Stück des großen weißen Hauses und des Tennisplatzes sehen, aber jetzt im Sommer, wo die Blätter noch sehr dicht waren, war das meiste auf der linken Seite gut verdeckt.

»Wow!«, rief Lara. »Das ist aber ein tolles großes Grundstück. Wie viele Häuser gibt's denn hier?«

»Zwei.« Amelie verstand nicht ganz, wie Lara das meinte, fragte aber nicht nach, denn in diesem Moment kam ihnen Opa entgegen. Er trug eine Arbeitshose und Gartenclogs, auf dem Kopf hatte er einen großen Strohhut. »Hallo, die Damen. Ich bin Amelies Opa«, begrüßte er sie.

Die Mädchen lächelten ihn an und sagten höflich ihren Namen.

»Amelie, ich wollte dir sagen, dass Oma einkaufen gegangen ist. Wenn ihr mich braucht – ich arbeite im Garten. Viel Spaß euch!«

»Sind deine Eltern gar nicht da?«, fragte Coco, während sie auf das zitronengelbe Haus zuliefen.

Amelie erklärte, dass sie übers Wochenende weggefahren seien und erst am Montag wiederkommen würden. Sie war froh, dass bisher keine von ihnen übermäßig neugierige Fragen gestellt hatte.

»Das ist aber ein süßes Häuschen!«, rief Lara entzückt. »Und so schön versteckt!«

»Aber die Villa, die man da vorn sehen kann, die ist auch nicht ohne«, sagte Coco. »Obwohl sie vermutlich riesengroß ist und nur Snobs darin wohnen.«

»Snobs?«, fragte Maria-Victoria.

»Eingebildete, reiche, feine Pinkel, die sich von oben

bis unten bedienen lassen und den ganzen Tag nur Cocktails schlürfen, während ihnen die Dienstboten Luft zufächern«, antwortete Coco. Amelie lief es eiskalt den Rücken herunter.

»Du kennst doch sicher die Leute, die da wohnen, oder?«, fragte Lara. »Es sind ja schließlich eure Nachbarn. Wie sind die denn so? Hat Coco recht?«

Sollte sie die Wahrheit sagen?

»Also eigentlich … wohnen wir …«

Doch weiter kam sie nicht, denn Maria-Victoria schrie begeistert auf. Sie hatte gerade die mit bunten Blumen bemalte Haustür entdeckt und meinte, dass sie so einen tollen Eingang noch nie gesehen hatte. Auch die beiden anderen Mädchen bewunderten das Haus und nickten zustimmend, als sie von Amelie hörten, dass sie es das Knusperhaus nannte.

»Der Name passt total!«, sagte Lara.

»Hier würde ich mich auch wohlfühlen«, meinte Maria-Victoria. »Wo ist dein Zimmer, Amelie? Gehen wir dorthin?«

Amelie wurde klar, dass die Mädchen annahmen, es sei ihr Haus, und sie wollte im ersten Moment klarstellen, dass nur ihre Großeltern hier wohnten, aber dann beschloss sie spontan, die Sunny Sisters zuerst in dem Glauben zu lassen. Sie wollte, dass sie sich alle erst richtig gut kennenlernten, bevor sie die Wahrheit sagte. Wenn sie jetzt zugegeben hätte, in der Villa nebenan zu wohnen, würde sie als Angeberin oder »eingebildeter Snob« gelten. So wie Coco es vorhin genannt hatte.

Deshalb umging Amelie elegant eine klare Antwort und meinte ausweichend: »In diesem Haus schlafe ich unter dem Dach. In einem richtigen Knusperzimmer. Aber viel Platz ist dort nicht.«

Sie brachte die Sunnys nach oben und ließ sie einen Blick in die kleine Dachkammer werfen.

»Hier würde ich mir vorkommen wie Rapunzel«, sagte Lara kichernd. »Okay, viel Platz ist hier wirklich nicht, dafür ist es richtig schön märchenhaft-romantisch!«

»Und welcher Prinz würde wohl kommen, um dich zu erlösen? Eduard-Carl oder Konrad-Paul?« Coco grinste schelmisch, während ihr Lara die Zunge rausstreckte.

Die Mädchen gingen wieder hinunter und machten es sich im Esszimmer bequem.

»So, jetzt erzähl mal, Amelie! Was war denn nun mit den High-Heels-Schlangen?«, fragte Maria-Victoria.

Amelie erzählte, wie sie am Vorabend zu Dance Star gefahren war, weil sie gedacht hatte, dort die Sunny Sisters zu treffen.

»Freitag- oder samstagabends trainieren wir nie«, unterbrach sie Lara. »Meistens ist es dort nämlich zu voll. Aber das konntest du ja nicht wissen. Du hättest doch anrufen und fragen können!«

»Jetzt lass sie weitererzählen!«, mahnte Coco und Amelie fuhr mit ihrem Bericht fort. Als sie an der Stelle angekommen war, wo sich die High Heels über den Song von Lady Gaga ausließen, schnalzte Maria-Victoria mit der Zunge und Lara ballte die Fäuste.

»Diese Diebinnen«, zischte Coco.

»Die arme Frau Rilke! Sie nutzen ihre nette Art aus, um uns eins reinzuwürgen«, meinte Maria-Victoria und die anderen nickten. »Und Tessa will uns auch noch ansagen? Als *Freaks*?«

Lara sprang auf. »Das lassen wir uns nicht bieten! Wir sollten mit Frau Rilke reden und ihr sagen, wie gemein die sind!«

»Das nennt man petzen«, meinte Coco. »Wir kennen Frau Rilke noch nicht gut genug und wissen nicht, wie sie darauf reagiert. Außerdem ist es Tessa zuzutrauen, dass sie den Spieß umdreht und einfach behauptet, dass sie sich zuerst Lady Gaga ausgesucht hätten. Dabei ist es definitiv unser Song!«

Amelie sah die neuen Freundinnen an. »Ich hätte einen Vorschlag, aber ich möchte mich natürlich nicht einmischen«, sagte sie.

Maria-Victoria lächelte sie an. »Das ist doch kein Einmischen, du hilfst uns ja! Welchen Vorschlag hast du denn?«

»Ihr solltet auf jeden Fall noch einen zweiten Song einstudieren, das ist klar«, begann sie. »Aber der Lady-Gaga-Song ist euer Ding! Wenn die High Heels tatsächlich beginnen dürfen und eine eigene Choreografie dazu tanzen wollen, dann stellt ihr euch einfach mit ihnen auf die Bühne und zieht euren Tanz durch!«

»Wir sollen mit den diebischen Giftschlangen zusammen tanzen?«, protestierte Coco. »Vergiss es! Auf keinen Fall!«

Aber Amelie ließ sich nicht beirren. »Nicht zusammen, sondern nebeneinander. Die Choreografie der High Heels wird nie im Leben so gut sein wie eure, dann kann jeder den Vergleich direkt sehen. Ihr habt monatelang dafür trainiert und sie haben nur ein paar Wochen. Ich wette, dass sie neben euch ganz stark abfallen werden.«

»Und wenn sie sich nicht darauf einlassen?«, fragte Maria-Victoria.

Amelie lächelte. »Sie sollen es gar nicht vorher erfahren. Ihr nutzt den Überraschungseffekt. Um sich nicht zu blamieren, wird ihnen nichts anderes übrig bleiben, als mitzumachen oder die Bühne zu verlassen. Ihr könnt ja hinterher sagen, dass ihr es für die Klassengemeinschaft getan habt. Frau Rilke hat euch schließlich gefragt, ob ihr zusammen tanzen wollt.«

Lara grinste erst Coco und dann Maria-Victoria an. »Nun? Was meint ihr? Ich finde die Idee ganz gut!«

Maria-Victoria nickte. »Ich auch. Wir brauchen den Vergleich nicht zu scheuen. Außerdem können sich die hochhackigen Monster ja vom Acker machen, wenn wir sie an die Wand tanzen!«

Die Mädchen kicherten und auch Coco stimmte mit ein. »Wir machen die Song-Diebinnen fertig! Sie werden neben uns total mickrig aussehen! Wie Tanz-Amateure!«

»Laut Tessas Plan seid ihr im Anschluss sowieso dran und tanzt euren anderen Song. Und wenn die High Heels dann den Auftritt mit ihrem zweiten Song beenden möchten, bitte schön. Dann ist es wenigstens wirklich gerecht«, fügte Amelie hinzu.

Coco schien sich immer mehr für ihre Idee zu begeistern. »Das ist gar nicht schlecht …«, sagte sie. »Die Giftschuhe müssen auf jeden Fall zwei Choreos lernen – wir dagegen haben die Lady-Gaga-Nummer längst drin und können uns auf den neuen Song konzentrieren! Super Idee, Amelie!«

Amelie errötete vor Freude über das Lob. Sie hatte noch einen Vorschlag. »Da wäre noch etwas: Ich finde, dass wir Frau Rilke übermorgen dazu überreden sollten, jemand anderem aus der Klasse die Ansage der Tanznummern zu überlassen. Sie möchte doch, dass wir zu einer Gemeinschaft zusammenwachsen, also wäre es gut, wenn es vielleicht ein Junge machen würde. Die Sunnys und die High Heels können einige Sätze zu ihrem Auftritt aufschreiben, dann hat es der Ansager leichter.«

»Und wir laufen nicht Gefahr, dass uns jemand als Freaky Sisters ansagt«, stimmte Lara zu. »Amelie, das ist eine gute Idee!«

Maria-Victoria schaute auf die Uhr. »Ich muss jetzt leider wieder los! Wir fahren gleich zu einer Geburtstagsfeier, deshalb muss ich nach Hause. Ich hab's Mama versprochen, dass ich pünktlich bin. Kommt jemand mit? Coco? Lara?«

»Ich auf jeden Fall. Wir gehen shoppen und da fällt immer etwas für mich ab«, meinte Coco grinsend.

»Amelie? Lara hat dir das von dem Sunny-Meeting am Montag sicher schon erzählt, oder? Um 17 Uhr bei mir«, sagte Maria-Victoria.

Jetzt war es Lara, die leicht rot anlief. »Nein, das habe ich noch nicht«, sagte sie. »Amelie und ich hatten noch nicht die Gelegenheit dazu …«

Amelie begriff, dass das der Grund gewesen sein musste, weshalb Lara sie am Vortag angerufen hatte. »Was ist denn das Sunny-Meeting?«, fragte sie daher nur und kommentierte es nicht weiter.

»Also wenn ich noch bisschen bleiben darf, dann kann ich es dir in Ruhe erzählen«, meinte Lara. »Natürlich nur, wenn du Zeit hast.«

»Ich habe nichts vor«, freute sich Amelie. »Du kannst bleiben, so lange du willst.«

Sie brachten die beiden anderen Mädchen zum Tor, und sobald sie allein waren, begann Lara von den Montags- und Freitagstreffen der Sunny Sisters zu erzählen. »Wir sind seit dem Kindergarten miteinander befreundet«, begann sie, während sie den Weg zum Knusperhaus zurückliefen. »Coco, Marvi und ich tanzen schon ziemlich lange zusammen und wir verstehen uns super. Dienstags und donnerstags ist ja das offizielle Tanztraining bei Dance Star und irgendwann haben wir angefangen, uns montags und freitags reihum zu treffen. Manchmal trainieren wir auch dabei, aber ansonsten wird gequatscht, gespielt, geshoppt und so weiter. Du weißt schon, Mädchenkram …«

Amelies Herz klopfte schneller. Das hörte sich nach

einer tollen Freundschaft an! »Und ich darf wirklich dazukommen?«

Lara biss sich auf die Unterlippe. »Es ist jetzt blöd, das zu sagen … Wir wollten dich für den kommenden *Montag* einladen …«

»Du meinst, nur für den Montag, oder?« Amelie ließ sich auf der kleinen Bank nieder, die vor dem Knusperhaus stand. Sie hatte Verständnis dafür, dass sie nicht sofort zu jedem Treffen eingeladen wurde. Schließlich kannten sich die anderen Mädchen schon so viele Jahre und sie war die Neue. »Das ist schon okay, Lara. Ich verstehe das.«

»Wirklich? Du bist nicht böse?«

»Quatsch! Ich freue mich, dass ich kommen darf. Wir müssen uns alle erst richtig kennenlernen. Eigentlich wissen wir nicht viel voneinander.«

Lara wirkte erleichtert, und Amelie dachte, dass sie sowieso diejenige war, die vermutlich die meisten Geheimnisse hatte. Ihr kam der Gedanke, dass sie bestimmt wieder die Mädchen einladen würde und dann nicht jedes Mal mit ihnen ins Knusperhaus gehen konnte. Außerdem schuldete sie der Freundin noch eine Erklärung für ihr Verhalten am Telefon.

»Lara, ich wollte dir doch noch sagen, warum ich so komisch bei unserem Telefonat gewesen bin«, begann sie.

»Als du beim Tennisverein warst?«

»Ich war nicht bei einem Verein. Ich habe hier gespielt, auf dem Tennisplatz.«

Lara sah erst überrascht aus, dann grinste sie und nickte. »Hier? Ah! Ich verstehe! Du hast heimlich Tennis gespielt? Als die Leute aus dem Riesenhaus nicht da waren? Warum hast du das nicht gleich gesagt?«

Das lief in eine völlig falsche Richtung! Amelie kaute auf ihrer Unterlippe herum. Wenn sie jetzt sagte, dass der Tennisplatz ihnen gehörte, dann musste sie auch zugeben, dass sie in der Villa wohnte. Dabei hatte sie es bisher so geschickt vermeiden können und wollte wirklich noch ein wenig damit warten.

Andererseits schien Lara so supernett zu sein. Sie verdiente es, die Wahrheit zu erfahren. Amelie entschloss sich, es ihr jetzt doch zu sagen. »Eigentlich habe ich nicht heimlich gespielt, weil der Tennisplatz …«

Weiter kam sie nicht, denn plötzlich ertönte von irgendwoher die Titelmelodie von »Heidi«.

»Das ist meine Mama, ich habe ihr den Klingelton gegeben, weil sie Heidi mit Vornamen heißt«, sagte Lara und beförderte ihr Handy aus der Tasche. Sie ging dran und presste den Hörer an ihr Ohr.

Amelie beobachtete, wie ihr Lächeln erst verschwand und dann einem trotzigen Gesichtsausdruck wich. Sie sagte ein paarmal »Aha«, rief dann mit einem empörten Unterton »Nee!« und sagte zum Schluss ziemlich mürrisch: »Wenn's sein muss. Aber doof ist es trotzdem!«

Als sie auflegte, ahnte Amelie, dass ihre neue Freundin wegmusste. Und tatsächlich: Lara berichtete, dass ihre

Eltern sich gerade entschlossen hätten, eine ältere Tante zu besuchen, und sie dorthin mitfahren müsse.

»Die wollen bestimmt, dass ich wieder meinen Bruder bespaße, während sie langweiliges Zeug quatschen und stundenlang Kaffee trinken«, meckerte Lara. »Verwandtenbesuche sind das Allerletzte! Langweiliger geht es wohl kaum!«

Amelie war zwar traurig, aber andererseits auch irgendwie erleichtert. Dadurch musste sie nämlich noch nicht mit der Wahrheit rausrücken. Wenn sie genau darüber nachdachte, dann wurde ihr klar, dass sie bislang nicht einmal richtig gelogen hatte.

Das war eine gute Erkenntnis!

Sie konnte doch nichts dafür, dass die Sunny Sisters bisher falsche Schlüsse in Bezug auf das Haus gezogen hatten. Oder?

Ausgetrickst!

Lara gähnte. »Guten Morgen, Tussi! Hallo, Zicke! Habt ihr gut geschlafen?«

»Tussi« und »Zicke« hießen Laras Nymphensittiche. Als sie sie bekommen hatte, ging sie in die zweite Klasse. Eigentlich wollte Lara einen Pinguin, ein Känguru oder einen kleinen Affen haben und schrieb diese Wünsche auf jeden Geburtstags- und Weihnachtswunschzettel.

Als sie unter dem Tannenbaum jedoch den riesengroßen Käfig mit zwei kleinen Nymphensittichen darin entdeckte, war sie vom ersten Moment an wie verzaubert. Die grau-gelben Vögel sahen einfach zu süß aus mit ihren gelben Federhauben auf dem Kopf und dem orangefarbenen Punkt unter den Augen. Sie schauten Lara an und begannen gleich, verschiedene Laute von sich zu geben.

»Sie sehen aus wie zwei Tussis, die gerade herumzicken, weil jede schöner sein will als die andere«, sagte Lara begeistert. »Sie sind toller als alle Kängurus, Pinguine und Affen zusammen!«

Von da an hatten die beiden Weibchen oder Hennen,

wie Papa erklärte, ihre Namen: Tussi und Zicke. Ihr Käfig stand im Esszimmer, wo sie auch frei herumfliegen durften. Allerdings musste man dann immer darauf achten, dass alle Türen geschlossen blieben. Lara war dafür verantwortlich, dass die Vögel täglich ihr Futter bekamen und alles sauber war.

»Hal-lo! Hal-lo! Hal-lo!«, sagte Lara, als sie jetzt an den Käfig herantrat. »Heute brauchen wir Glück für das Gespräch mit Frau Rilke, damit uns die blöden High Heels nicht austricksen! Hal-lo! Sagt mal: Hal-lo! Drückt uns mal die Daumen! Ich meine, die Flügel!«

Sie gab den Versuch nicht auf, ihren Vögeln das Sprechen beizubringen, aber es blieb nur beim Pfeifen mit verschiedenen Melodien oder eben »Herumzicken«, wie sie das Gezwitscher nannte. Lara hatte in einem Buch gelesen, dass es Vögel gab, die tatsächlich einige Wörter nachsprechen konnten, und hoffte, dass Tussi oder Zicke solche Ausnahmetalente sein könnten. Während sie den Käfig sauber machte und frischen Sand sowie Futter und Wasser hineingab, sprach sie die ganze Zeit mit ihren Nymphensittichen.

Die beiden Vögel trällerten eine Antwort und Lara lachte. »Nicht gerade Menschensprache, aber danke! Euch beiden auch einen schönen Tag!«

Sie gab Mama einen Kuss, schnappte sich den Rucksack und radelte zur Schule. An der Kreuzung vor dem Schulgebäude traf sie Amelie. Sie war zu Fuß unterwegs, und Lara wunderte sich, woher sie gerade kam. War die Freundin mit dem Bus gefahren? Aber die Haltestelle war direkt gegenüber der Schule, also konnte das eigentlich nicht sein.

»Hi, Amelie!«, begrüßte Lara sie und sprang vom Fahrrad ab. »Wo kommst du denn her?«

Amelie lief rot an. »Ich … wieso?«

»Wurdest du zur Schule gebracht oder warst du noch woanders? Deine Eltern sind doch verreist, oder?«

Amelie senkte den Blick und nickte. »Sie kommen heute wieder. Ich wurde … mitgenommen und an der Ecke herausgelassen.«

»Aha.« Lara fand ihre Reaktion zwar komisch, aber sie dachte nicht weiter darüber nach. »Eigentlich wollte ich dich gestern anrufen und mich noch einmal mit dir treffen, aber ich durfte nicht. Meine Eltern waren der Meinung, an einem Familiensonntag dürfe man sich nicht verabreden, sondern sollte etwas mit der Familie unternehmen.«

»Und, was habt ihr gemacht?«

»Wir waren in einem Park spazieren und Eis essen. Es war ganz okay und im Vergleich zu dem Verwandtenbesuch am Samstag geradezu wie Urlaub«, meinte Lara lachend. »Hast du auch so eine Tante, die dich immer zur Begrüßung küssen will? Bei so einer waren wir nämlich! Ich nenne sie immer ›Tante Grete, Schmatzpastete‹. Voll eklig! Die verteilt immer so richtig feuchte Schmatzer auf der Wange. Auch bei meiner Mama.«

»Igitt!« Amelie verzog halb lachend, halb angewidert das Gesicht. »Also meine Großeltern oder meine Tanten drücken mich nur kurz, aber sie küssen nicht.«

Lara nickte. »Ist bei uns genauso – bis auf Tante Grete, die Schmatzpastete. Aber ich habe eine Methode entwickelt, um dem ekligen Tantenkuss zu entgehen: Ich drehe im letzten Moment immer meinen Kopf zur Seite, sodass der Schmatzer auf meinem Haar landet. Und dann wasche ich mir abends direkt die Haare.«

Beide Mädchen lachten.

Lara stellte ihr Fahrrad ab und sie machten sich auf den Weg zum Schulhof. Coco winkte ihnen von Weitem zu. »Hier sind wir!«

Sie saß mit Marvi auf einer Balancierstange und sie wirkten ziemlich aufgeregt. »Guckt mal da, die Stinkstiefel stehen flüsternd in der Ecke. Bestimmt bereiten sie gerade den großen Giftangriff vor«, sagte Coco. »Ich frage mich, ob sie noch mehr ausgeheckt haben als das, was Amelie gehört hat.«

»Das werden wir schon bald erfahren«, meinte Lara. »Die Klassenlehrerstunde ist direkt nach der großen Pause. Aber zum Glück sind wir vorbereitet!«

Eduard-Carl und Konrad-Paul, die beiden Zwillinge, kamen auf den Schulhof. Sie trugen wie immer unterschiedliche Hemden, allerdings ohne Krawatten. Aber trotzdem hatte es in den ersten Tagen niemand geschafft, sie auf Anhieb auseinanderzuhalten.

»Ich traue mich gar nicht, mit den Zwillingen zu sprechen, denn ich ertappe mich jedes Mal dabei, dass ich ›Wer bist du noch mal?‹ frage. Das ist doch total blöd und irgendwie peinlich!«, sagte Marvi. »Also mir würde es auf die Nerven gehen.«

»Wieso? Es ist besser zu fragen, als den falschen Namen zu sagen«, meinte Coco. »Ich habe kein Problem damit.«

»Aber sie sind ja Grafen! Die sind anders als wir! Ich wundere mich sowieso, dass sie auf eine Schule für Normalsterbliche gehen.« Maria-Victoria senkte die Stimme.

Lara grinste. »Sie sind doch keine Vampire oder Zauberlehrlinge! Wo sollen sie sonst hingehen? Nach Hogwarts, zusammen mit Harry Potter?«

Maria-Victoria zuckte mit den Schultern. »Nein, aber … auf Schlossinternate oder so etwas. Die Grafen brauchen doch eine besondere Erziehung, damit sie auf den ganzen königlichen Festen mithalten können.«

»Marvi, du spinnst doch.« Coco schüttelte den Kopf.

»Doch! Und wenn man einen von ihnen heiratet, wird man eine Gräfin – stellt euch das mal vor!«

»Maria-Victoria Gräfin von Klee, das hat was …«, grinste Coco. »Dann passen auch endlich deine königlichen Vornamen. Du bist eindeutig eine Heiratskandidatin. Welchen der beiden Grafen findest du denn süßer? Eddie oder Konni?«

Maria-Victoria sprang empört auf. »Hey! Ich finde keinen von ihnen süß. Aber es muss irgendetwas geben, das die beiden voneinander unterscheidet, oder?«

Coco stand ebenfalls auf. »Wir können ja fragen. Hallo! Eddie? Ich meine … Eduard? Konrad? Kommt ihr bitte mal zu uns?«

»Bist du verrückt?«, zischte Maria-Victoria. »Was soll das denn?«

Aber es war schon zu spät. Die Zwillinge schlenderten zu ihnen herüber. »Guten Morgen«, sagten sie höflich. »Wie geht es euch?«

Coco grinste, Lara versuchte, ernst zu bleiben, Amelie schaute zu Boden, und nur Maria-Victoria streckte die Hand aus und begrüßte die Zwillinge per Handschlag. »Danke, uns geht es gut. Und selbst?«

»Vielen Dank, es wird bestimmt ein schöner Tag werden.«

Cocos Mundwinkel zuckten, aber sie schien sich zu beherrschen, um nicht loszuprusten.

»Also wir wollten mal fragen, ob es etwas gibt, das euch beide unterscheidet«, sagte Lara.

Eduard (oder war es Konrad? Lara wusste es nicht) nickte. »Mein Bruder liebt Mozart und ich bevorzuge die Musik von Chopin. Außerdem esse ich gern Sushi und er mag es gar nicht. Wie ihr seht, sind wir uns nicht in allem ähnlich. Da gibt es noch mehr Beispiele …«

»Aha«, antwortete Lara, weil ihr nichts Besseres einfiel. So hatte sie das gar nicht gemeint.

Coco kam ihr zu Hilfe. »Das ist sehr interessant«,

meinte sie. »Aber wir wollten eigentlich wissen, wie ihr äußerlich für andere zu unterscheiden seid. Gibt es vielleicht ein Muttermal oder so etwas?«

Die Brüder lächelten sich verschwörerisch an. »Sollen wir ihnen von der Narbe erzählen, Eduard-Carl?«, fragte Konrad.

Lara registrierte, dass er heute ein beigefarbenes Hemd trug, und sie versuchte, sich das zu merken. »Was für eine Narbe?«

»Ich habe auf der rechten Schläfe eine kleine Narbe. Ich bin als Kind auf einen Stock gefallen und die Wunde musste genäht werden«, sagte Eduard und schob ein paar Haarsträhnen zur Seite. »Man sieht es wegen meiner Haare nicht sofort, aber wer es weiß, der kann uns unterscheiden.«

»Es wäre nur freundlich, wenn ihr den Lehrern nichts davon sagen würdet«, meinte Konrad und grinste. »Manchmal ist es ganz nützlich, wenn sie es nicht wissen.«

Die Mädchen lachten verständnisvoll, und Lara fand es gut, dass sich die Zwillinge doch normal benehmen konnten und offensichtlich den gleichen Unsinn im Kopf hatten wie die anderen Jungs. Dann kam ihr eine Idee.

»Ich habe eine Frage: Wie ihr wisst, wollen wir bei dem Schulfest auftreten und bräuchten jemanden, der uns ansagt. Könnte das einer von euch übernehmen?«

Die Brüder schauten sich an. »Welche Musik?«, fragte Eduard.

»Lady Gaga und noch etwas in der Richtung.«

»Lady wer?«, hakte Konrad nach.

»Es ist nicht eure gräfliche Cousine oder eine Verwandte der englischen Königin, sondern eine Popsängerin«, erklärte Coco und verdrehte die Augen. »Ihr kennt doch sicher Lady Gaga.«

Eduard nickte langsam. »Hab ich schon mal gehört.«

Lara fand, dass er nicht sehr überzeugend klang, und sie fragte sich, ob es möglich war, dass jemand die aktuelle Popmusik nicht kannte.

»Die Videoclips laufen im Fernsehen rauf und runter«, sagte sie.

»Wir haben zu Hause keinen Fernseher«, meinte Eduard.

»Was?«

»Wie bitte?«

»Ihr besitzt keinen Fernseher?«

»Was macht ihr dann die ganze Zeit?«

»Das gibt's doch nicht!«

Lara und ihre Freundinnen waren sprachlos. Wie konnte jemand keinen Fernseher besitzen?

Konrad sah seinen Bruder an. »Unsere Eltern finden, dass darin nichts Sehenswertes ist. Wir haben einen Computer und dürfen DVDs schauen, das ist okay.«

Coco schien immer noch fassungslos. »Und sonst?«

»Lesen. Zeitungen, Bücher und natürlich Internet. Aber nur begrenzt. Übrigens: Ich kenne Lady Gaga, Eduard-Carl auch, aber er steht mehr auf klassische Musik.«

Es klingelte zur ersten Stunde und die ganze Gruppe bewegte sich langsam in Richtung Schulgebäude.

»Also, übernehmt ihr die Ansage?«, wollte Lara wissen, obwohl ihr tausend Fragen in Bezug auf das Zuhause der Zwillinge im Kopf herumschwirrten. Lebten sie in einem großen Anwesen? Hatten sie Dienstboten? Kannten sie echte Könige oder Prinzen? Wie war das Leben ohne einen Fernseher?

»Wenn du mir aufschreibst, was ich sagen soll, dann mache ich es«, bot Eduard an.

»Das ist echt nett!«, sagte Maria-Victoria.

Coco stieß sie von der Seite an. »Überleg dir das mit der Gräfin. Du kannst dann deine Fernsehsendungen nicht gucken«, flüsterte sie und grinste breit.

Maria-Victoria streckte ihr die Zunge raus. »Wenn du mich weiter damit aufziehst, erzähle ich jedem, dass du zu Hause in Justin-Bieber-Bettwäsche schläfst.«

»Das wagst du nicht!«

»Und ob!«

Lara schüttelte den Kopf. »Hört ihr beide wohl auf! Wir sollten uns heute um wichtigere Dinge kümmern.«

Sie erreichten das Klassenzimmer und die Zwillingsbrüder, die sich leise miteinander unterhielten, drehten sich noch einmal um. »Können wir dann für die anderen auch die Ansage machen?«, fragte Eduard.

»Für die Schlang…«, fing Lara an und korrigierte sich im letzten Moment: »Für die High Heels? Sehr gern. Wir werden das in der Klassenlehrerstunde vorschlagen.«

Die ersten beiden Stunden gingen schnell vorbei und Frau Groß-Claudius kündigte für die nächste Woche einen Englisch-Vokabeltest an. Sie gab der Klasse Übungsblätter mit über fünfzig Vokabeln und wies sie an, diese bis nächste Woche aufzuarbeiten.

»Manche von euch werden viele der Vokabeln schon kennen, andere müssen vielleicht mehr auswendig lernen, aber ich möchte euch alle möglichst schnell auf ein Level bringen«, erklärte sie, als einige in der Klasse stöhnten.

Amelie verdrehte die Augen und flüsterte leise: »Auf meiner alten Schule ist Englisch öfter ausgefallen. Ich schätze, ich muss ziemlich viel dafür nachholen.«

»Bei uns ging es eigentlich«, flüsterte Lara zurück. »Wir haben die Vokabeln ständig wiederholt. Wenn du möchtest, dann helfe ich dir beim Lernen. Wir können uns auch gegenseitig abfragen.«

»Das wäre super!« Ihre neue Freundin strahlte und Lara fand sie immer sympathischer.

In der großen Pause standen die High Heels abseits des Schulhofs und unterhielten sich flüsternd. Sie trugen heute schwarze Leggings, schwarze T-Shirts und darüber goldene Tops mit Spaghettiträgern. Ihre nackten Füße steckten in schwarzen Sandalen mit ziemlich hohen Absätzen.

»Seht sie euch an«, meinte Coco. »Sie besprechen sich jetzt bestimmt, wie sie ihren Plan gleich in der Klassenlehrerstunde am besten verkaufen. Wie gut, dass Amelie sie belauscht hat und wir genau wissen, was diese Stinkstiefel vorhaben!«

»Und ich freue mich jetzt schon auf ihr Gesicht, wenn sie beim Schulfest feststellen, dass wir bei Lady Gaga mit auf die Bühne gehen. Wir müssen nur gleich die Zwillinge als Moderatoren durchbringen«, sagte Lara.

»Meint ihr, dass Eduard auf eines der hochhackigen Biester steht?«, fragte Maria-Victoria. »Es ist zwar toll, dass er uns helfen möchte, aber für mich sah es so aus, als ob er unbedingt auch ihre Ansage machen wollte.«

Amelie nickte. »Ja, mir kam das auch komisch vor. Aber vielleicht war das nur so eine Frage.«

»Und selbst wenn!« Lara zuckte mit den Schultern. »Wer Schlangengift mag …«

Die Pause war zu Ende, und die Mädchen trafen im Treppenhaus auf Frau Rilke, die sie herzlich begrüßte. Lara dachte wieder, dass sie eine sehr sympathische Lehrerin war. Eigentlich müsste sie von selbst darauf kommen, dass Tessa und ihre Clique eine Intrige gegen die anderen schmiedeten und nicht wirklich nett waren.

Als die Stunde begann, kündigte Frau Rilke wie erwartet an, dass sie über das Schulfest sprechen würden. Sie wollte wissen, ob sich auch andere Schüler etwas überlegt hatten. Melissa meldete sich und schlug vor, einen Fruchtcocktailstand zu machen. Diese Idee fanden alle gut. Fabian und Ron wollten einen Geschicklichkeitsparcours anbieten, aber die Lehrerin erklärte, dass das bereits eine andere Klasse geplant hatte. Felix schlug noch einmal die Luftgitarren-Nummer vor, aber wohl eher zur allgemeinen Belustigung.

»Ich denke, wir bleiben bei unserem Tanzauftritt der beiden Mädchengruppen und beim Fruchtcocktailstand«, sagte Frau Rilke. »Tessa hatte mich gefragt ...«

»Entschuldigung!« Lara wusste, dass sie jetzt eingreifen musste, und hoffte, dass die Lehrerin sie nicht als unhöflich empfand, weil sie sie unterbrochen hatte. »Darf ich etwas vorschlagen?«

»Natürlich, Lara. Bitte«, lächelte Frau Rilke.

»Sie haben gesagt, dass wir eine Klassengemeinschaft werden sollen«, begann sie. Die Lehrerin nickte. »Ich ... das heißt ... einige von uns haben sich gedacht, dass es ganz toll wäre, wenn wir bei den Tänzen einen Moderator aus der Klasse hätten, der die Tanznummern ansagen könnte.«

Lara bemerkte sehr wohl, wie beim Stichwort »ansagen« Tessas Kopf in die Höhe schnellte und Vivien und Annabell sie fragend anstarrten, aber Lara ließ sich nichts anmerken. Mit ihrer unschuldigsten Miene fuhr sie fort: »Und daher haben wir in der Pause Eduard und Konrad gefragt, ob einer von ihnen dazu bereit wäre.«

»Das ist eine gute Idee«, sagte die Lehrerin. »Denn eigentlich hatte mich Tessa wegen der Ansage gefragt, aber da sie schon tanzt, fände ich es natürlich toll, wenn jemand anders aus unserer Klasse die Anmoderation übernimmt. Ganz besonders super ist natürlich, dass es auch noch ein Junge ist, der sich auf die Bühne traut. Eduard-Carl, du möchtest es gern tun?«

Dieser sah seinen Bruder an und dann Frau Rilke. »Wir haben vorhin beschlossen, zusammen auf die Bühne zu gehen. Eine Doppelmoderation ist bestimmt noch besser!«

»Das ist eine ganz tolle Idee!«

»Dann ist es abgemacht!«

Lara schlug vor, dass sowohl die High Heels als auch die Sunny Sisters den Moderatoren Ansagekärtchen schreiben sollten, um die jeweiligen Tänze anzusagen.

»Wenn Blicke töten könnten, wären jetzt Frau Rilke, die Zwillinge und wir vier tot«, flüsterte Coco. »Sieh mal, wie giftig uns die Königin und ihr Hofstaat angucken. Wir haben sie echt gut ausgetrickst, das hat ja wie am Schnürchen geklappt!«

»Und wir sind noch lange nicht fertig!«, antwortete Lara und zwinkerte ihr zu.

Als die Lehrerin als Nächstes über die Länge des Tanzauftritts sprach und die Sunnys fragte, ob es okay wäre, wenn sie einen längeren Song tanzten, während die High Heels zwei kurze wählen würden, schauten sich Lara und ihren Freundinnen gespielt fragend an.

»Welche Lieder habt ihr denn?«, fragte Maria-Victoria scheinbar neugierig.

»Das wissen wir noch nicht«, antwortete Tessa.

»Also meinetwegen, ich bin einverstanden«, mischte sich Coco ein. »Was ist mit euch, Mädels?«

Maria-Victoria und Lara nickten bedächtig. »Okay. Außerdem sind es nur noch drei Wochen bis zum Schulfest, also bleibt nicht viel Zeit zum Proben.«

Lara bemerkte, wie sich Tessa, Vivien und Annabell vielsagend anblickten. Sie dachten wohl, dass wenigstens ihr zweiter Plan aufgehen würde.

Aber diese Stinkschuhe freuten sich zu früh!

Sie überlegte, dass es sie heute ohne Amelies Vorwarnung eiskalt erwischt hätte. Wer weiß, wie die Sunny Sisters unvorbereitet reagiert hätten?

Das Geständnis

Die Welt war in Ordnung und Amelie happy. Ihre Eltern waren mittlerweile wieder zu Hause und sie hatte mittags ausgiebig mit ihnen geplaudert. Jetzt wurde sie von Mama zu Maria-Victoria gefahren, wo sie gleich bei einem Sunny-Meeting dabei sein durfte! Das Leben war toll und der Umzug die beste Idee aller Zeiten gewesen.

Einen Moment lang machte sie sich zwar Sorgen, als ihre Mutter den knallroten Sportwagen aus der Garage holte. Aber sie hatte nicht das Herz, sie zu bitten, wieder Omas Auto zu nehmen. Sie wusste, dass Mama den Sportwagen liebte und stolz war, damit herumzufahren. Während sie in Richtung Stadt fuhren, beschloss Amelie, sich eine Straße vor der eigentlichen Adresse absetzen zu lassen – ein Trick, den sie morgens und mittags immer auch an der neuen Schule gebrauchte.

Bisher war es niemandem aufgefallen, aber ausgerechnet heute Morgen, als Papas Chauffeur sie zur Schule gebracht hatte, war sie genau an der Kreuzung Lara begegnet. Ein paar Sekunden früher hätte die Freundin sowohl die dunkelblaue Limousine gesehen als auch den in einen schwarzen Anzug gekleideten Mann, der

Amelies Schulrucksack aus dem Kofferraum gehievt hatte. Nicht auszudenken, welche Fragen sie hätte beantworten müssen!

Das Haus der Kolpings lag in einer ruhigen Straße, und Amelie bat Mama, dort gar nicht erst einzubiegen, sondern kurz davor stehen zu bleiben. »Die Mädchen wissen noch nichts über mich und dein Auto ist nicht gerade unauffällig«, sagte sie.

Mama wunderte sich ein wenig. »Kein Problem, Spätzchen. Aber hattest du nicht gesagt, dass sie am Samstag alle bei uns waren? Dann habt ihr euch doch schon besser kennengelernt?«

Amelie schnappte sich ihre Tasche und öffnete die Beifahrertür. »Wir waren die ganze Zeit im Knusperhaus, und ich glaube, sie nehmen an, dass wir dort wohnen …«, antwortete sie, stieg rasch aus und schlug die Tür hinter sich zu, ohne auf Mamas überraschtes Gesicht zu achten.

Schnellen Schritts lief sie an den Häusern entlang, bis sie vor der angegebenen Hausnummer stand. Als sie klingelte, wurde die Tür aufgerissen und ein Junge mit einem Käppi auf dem Kopf starrte sie an.

»Wer will was wissen, Waldemar?«, fragte er und grinste.

Amelie fand ihn etwas merkwürdig. »Ich bin Amelie. Ich wollte zu Marvi … Wohnt sie hier?«

»Nein. Name niemals nirgendwo, Nashorn nicht neidisch, Norbert«, antwortete er und knallte die Tür wieder zu.

»Nico!«, hörte Amelie Maria-Victorias Stimme. »Mach sofort die Tür auf und hör auf herumzuspinnen!«

Die Tür ging wieder auf und diesmal lachte sie der Junge an. »Sorry, ich übe für eine Improvisationsszene der Theater-AG«, sagte er. »Ich bin Nico, der Bruder dieser kleinen Nervensäge. Oh! Auch ein Super-Satz: Nervensäge nicht Nicos Nachtschwester! Nase nennt Neid, Neptun.«

Amelie verstand kein einziges Wort, aber da stand auch schon Maria-Victoria vor ihr, die ihren großen Bruder beiseiteschob. »Nicht beachten, einfach nicht beachten«, sagte sie und verdrehte die Augen. »Komm rein, die anderen sind schon da.«

Die Mädchen gingen eine Treppe hoch in Maria-Victorias Zimmer, das klein, aber sehr hübsch in Hellgrün eingerichtet war. Die Sunny Sisters saßen auf großen Kissen auf dem Boden und winkten ihr zur Begrüßung zu. Amelie setzte sich ebenfalls und fühlte wieder ihre alte Schüchternheit aufsteigen.

Würde sie sie jemals ablegen können?

»Wir sprachen gerade darüber, wie gut das heute Morgen in der Klassenlehrerstunde geklappt hat«, erklärte Lara. »Habt ihr gesehen, wie wütend die hochhackigen Schlangen darüber waren, dass ihr Plan mit der Ansage nicht geklappt hat? Wenn sie wüssten, dass sie auf dem Schulfest noch eine andere Überraschung erwartet!«

Die Mädchen kicherten. »Ich freue mich jetzt schon auf ihre Gesichter, wenn wir bei Lady Gaga mit auf die

Bühne gehen«, meinte Maria-Victoria. »Das sollte jemand für die Nachwelt festhalten!«

»Ich kann es mit meinem Handy filmen«, erbot sich Amelie.

Die Sunnys sahen sich an. »Nee, das sollte jemand anders übernehmen«, antwortete Coco. »Wir fragen Marvis Bruder Nico. Nach den vielen Jahren, in denen wir von ihm geärgert wurden, kann er auch einmal etwas Gutes für uns tun.«

Amelie schluckte. Trauten sie ihr etwa nicht zu, den Auftritt aufzunehmen? »Okay«, sagte sie und senkte den Blick. »Ich dachte nur, da ich eingeweiht bin, wäre es am besten, wenn ich ...«

»Du hast dann keine Zeit«, meinte Lara.

Amelie verstand nicht. Warum sollte sie keine Zeit haben? »Doch! Ich habe mich nicht für den Fruchtcocktailstand gemeldet, weil ich euch helfen wollte«, erklärte sie.

»Aber du bist hinter der Bühne«, sagte Maria-Victoria, und ihre Mundwinkel zuckten. »Du musst dich umziehen und bereithalten.«

»Umziehen? Wofür?« Jetzt kapierte Amelie gar nichts mehr. Dann sah sie, dass die Sunnys verschwörerisch grinsten. »Was ist so lustig?«

»Erlöst sie endlich!«, meinte Coco. »Sie sieht aus, als würde sie gleich anfangen zu weinen!«

Amelie schluckte noch einmal. Irgendetwas war hier im Busch, das spürte sie. »Was ist denn?«, fragte sie noch einmal.

Lara lächelte noch breiter. »Du wirst keine Zeit haben, denn du musst dich für den zweiten Tanz bereithalten«, sagte sie.

»Wie meinst du das? Soll ich die Musik anmachen?«, fragte Amelie verwirrt.

»Nein, du Stoffel! Du wirst den zweiten Song mit uns tanzen. Das haben wir gerade einstimmig beschlossen. Also keine Widerrede! Du hast uns vor den Stinkstiefeln gewarnt und hattest direkt eine tolle Idee, wie wir sie austricksen können.«

»Außerdem bist du eine Tänzerin und gehörst zu unserer Dance-Star-Gruppe dazu! Also ist es logisch, dass du mitmachen musst!«, ergänzte Maria-Victoria. »Die Lady-Gaga-Choreo ist auf uns drei ausgelegt, aber den neuen Tanz müssen wir alle lernen. Und du bist dabei!«

Amelie machte den Mund auf und klappte ihn wieder zu. Tausend Gedanken jagten ihr durch den Kopf. Sie sollte mit den Sunny Sisters tanzen? Als würde sie so richtig dazugehören?

Das war … wie ein Traum!

Genau das hatte sie sich insgeheim ausgemalt!

Nein, eigentlich war das schrecklich!

Sie konnte nicht vor der ganzen Schule auftreten!

Sie würde vor Lampenfieber sterben!

Die drei Mädchen sahen sie erwartungsvoll an. »Sie steht unter Schock«, meinte Coco grinsend.

»N… nein … d… doch«, stammelte Amelie. »Ich … ich kann nicht. Das ist … so toll … aber ich kann nicht.«

Maria-Victoria nickte. »Lara vermutete schon, dass

du so etwas Ähnliches sagen würdest. Du willst auch eigentlich nicht bei der Modemesse auftreten, obwohl du wie verrückt dafür trainierst, stimmt's?«

»Ich habe Lampenfieber«, gestand Amelie. »Es ist mein größter Feind. Ich würde unheimlich gern mit euch tanzen und bin so happy, dass ihr mir das vorgeschlagen habt. Bei Dance Star vor dem Spiegel zu trainieren ist gar kein Problem. Aber der Gedanke, dass mir bei einem Auftritt fremde Leute zuschauen, ist so furchterregend, dass ich lieber kneife.«

»Quatsch!«, rief Maria-Victoria. »Du brauchst keine Angst zu haben! Wir sind doch bei dir und werden dir mit dem Lampenfieber helfen.«

Coco fügte hinzu: »Zur Not verhüllen wir dein Gesicht, damit du die Leute nicht sehen musst. Die Schritte wirst du ja im Schlaf können, also dürfte es kein Problem sein. Dann bist *du* die Sensation auf dem Schulfest: die geheimnisvolle, verhüllte Unbekannte.«

»Versuch es doch, Amelie«, bat Lara. »Der Schulauftritt könnte eine tolle Generalprobe für die Modemesse werden. Was sind schon ein paar Hundert Schüler gegen das Publikum bei so einer Modenschau? Bitte, mach doch mit!«

»Vielleicht werde ich gar nicht für das ›Fashion Medley‹ ausgewählt, dann muss ich mir keine Sorgen machen«, sagte Amelie und fuhr sich durch die dunklen Locken.

»Möchtest du nicht ausgewählt werden?«

»Doch, eigentlich schon.«

Lara lachte. »Das soll mal einer verstehen. Hey, dann spring über deinen Schatten! Trau dich!«

Amelie seufzte. »Ich bin ein hoffnungsloser Fall, oder? Eine richtige Memme. Aber ihr habt recht: Ich sollte es wenigstens versuchen. Besser, ich versage auf dem Schulfest als auf der Riesenbühne in der Halle. Also gut, ich bin dabei. Danke, dass ihr mich gefragt habt und ich mit euch tanzen darf.«

Die Freundinnen freuten sich sichtlich und besprachen sogleich die Musik für den zweiten Tanz. Es sollte etwas Poppiges und Fröhliches sein, das zu einem bunten Schulfest passte.

»Was haltet ihr von dem neuen Song von John Jefferson? Er geht direkt ins Ohr und hat einen guten Rhythmus«, fragte Lara und Amelie erstarrte.

Lara sprach von Papas »I Like The Sun«! Sie konnte sich nicht vorstellen, ihren ersten öffentlichen Auftritt ausgerechnet zu einem Lied ihres Vaters zu tanzen! Das erschien ihr doppelt komisch und würde sie vermutlich komplett außer Gefecht setzen.

»Wie wäre es mit den ›Black Eyed Peas‹?«, schlug sie daher schnell vor.

»Auch gut«, stimmte Coco zu. »Oder Justin Bieber?«

Maria-Victoria grinste. »In den ist nämlich Coco seit Jahren ver…«

»Du bist so was von tot, Maria-Victoria Kolping von Klee! Soll ich sagen, wer auf die beiden Grafen steht?«

Maria-Victoria machte ein entsetztes Gesicht und warf mit einem Kissen nach ihrer Freundin. Eine wilde

Kissenschlacht begann, während der Amelie viel über die zwei Mädchen erfuhr. Coco schlief also in Justin-Bieber-Bettwäsche und hatte Poster von ihm über ihrem Bett hängen. Maria-Victoria dagegen hatte in der Grundschule für einen gewissen Caspar geschwärmt, der aber auf eine andere Schule gewechselt war. Jetzt glaubte Coco, dass Maria-Victoria sich für Eduard und Konrad interessierte, wusste aber noch nicht, für wen genau.

Lara und Amelie schauten sich die Kissenschlacht lächelnd an und teilten sich derweil eine Packung Kinderschokolade. Als die beiden Streithennen endlich fertig waren, sanken sie erschöpft auf den Boden.

»Du bist eine gemeine Zicke, aber ich hab dich trotzdem gern«, sagte Maria-Victoria zu Coco, die ihr darauf einen Luftkuss zuwarf.

Lara tippte sich an die Stirn. »So crazy sind die immer. Daran kannst du dich direkt gewöhnen. Können wir dann endlich wieder über das zweite Lied sprechen?«

Die vier Mädchen berieten, zu welchem Song eine gute Vierer-Choreografie passen würde, und hörten sich einige von ihnen an. Als »I Like The Sun« lief, hoffte Amelie, dass es nicht ausgewählt wurde. Für ihren ersten Auftritt vor großem Publikum brauchte sie etwas Neutrales. Zum Glück einigten sie sich am Ende auf den neuen Hit von Katy Perry.

»Dann sollten wir auch mit den Tanzschritten anfangen. Wir haben noch knapp drei Wochen und das ist nicht viel«, sagte Coco. »Sollen wir bei Dance Star trainieren? Vielleicht bekommen wir wieder einen der hinteren Räume.«

Lara runzelte die Stirn. »Die Giftschuhe proben aber auch dort. Was machen wir, wenn sie uns wieder den Song oder sogar die Choreo klauen wollen?«

»Lara hat recht«, meinte Maria-Victoria. »Die sind zu allem fähig. Am besten wäre es, wenn sie diesmal gar nicht wüssten, was wir überhaupt tanzen.«

»Aber wo sollen wir dann hingehen? In einem unserer Kinderzimmer können wir nicht vernünftig proben. Da ist zu wenig Platz«, sagte Coco.

Amelie biss sich auf die Lippen. Papas Spiegelraum wäre einfach perfekt dafür, und sie würden ihn bestimmt benutzen dürfen, aber dann müsste sie die Katze aus dem Sack lassen und den Mädels sagen, dass sie in der Riesenvilla und nicht im kleinen Knusperhaus wohnte.

Wie würden die drei reagieren?

Amelie wollte auf keinen Fall als Snob oder verwöhnte Prinzessin gelten, aber wenn sie mit den Proben beginnen würden, dann wären sie von da an mehrmals in der Woche bei ihr. Die Haushälterin, die Putzfrau und den Gärtner zu verstecken wäre dann sicher nicht möglich, genauso wenig wie die tollen Autos der Familie und die luxuriöse Ausstattung des Hauses.

Kannten die Sunnys sie schon gut genug, um sie trotzdem zu mögen?

Eigentlich hatte Amelie vor, sie langsam einzuweihen und vielleicht zuerst nur Lara davon zu erzählen, aber sie befürchtete, dass sie dafür wahrscheinlich keine Zeit mehr haben würde.

»Wenn wir das Esszimmer ausräumen, dürfen wir vielleicht hier tanzen«, sagte Maria-Victoria gerade. »Wenn meine Eltern nicht da sind, dann stört es sie auch nicht.«

»Aber Marvi! Ihr habt eine riesengroße Essecke darin stehen! Wie sollen wir sie raustragen? Die passt doch gar nicht durch die Tür«, meinte Coco. »Bei uns geht es schon wegen der Nachbarn nicht. Die sind furchtbar empfindlich und kriegen Zustände, wenn ich nur die Musik etwas lauter aufdrehe.«

Amelie fasste einen Entschluss. »Wir können bei mir zu Hause proben«, sagte sie.

»In dem kleinen Knusperhäuschen? Wo ist denn da Platz?«, wunderte sich Lara.

»Dein schnuckeliges Zimmer ist doch nicht größer als ein Schuhkarton«, meinte auch Coco.

»Nein, nicht im Knusperhaus«, antwortete Amelie. »Da wohne ich auch gar nicht.«

»Wie? Wir haben dich doch besucht und haben dein Zimmer gesehen?« Maria-Victoria sah Coco und Lara verständnislos an.

Amelie atmete tief durch. »Ihr habt mich in dem Haus meiner Großeltern besucht«, sagte sie leise und spürte, wie sie rot anlief. Sie kam sich wie bei einer Prüfung vor. »Ich schlafe im kleinen Knusperzimmer unter dem Dach, wenn ich wie am vergangenen Wochenende bei Oma und Opa übernachte. Aber sonst wohne ich dort nicht. In unserem eigentlichen Haus ist ein Raum, wo wir genügend Platz zum Proben hätten.«

»Aber du sagtest ... Nein, stimmt nicht. Du sagtest nicht, dass ihr dort wohnt. Wir haben es nur irgendwie angenommen«, meinte Lara nachdenklich. »Wie auch immer ... Ist doch toll, dass wir bei euch proben können! Es wird allerdings auf mindestens zweimal die Woche hinauslaufen. Meinst du, dass deine Eltern den Musiklärm erlauben?«

»Kein Problem. Der Raum, den ich meine, ist gut isoliert. Manchmal braucht ihn mein ... brauchen ihn meine Eltern, aber das ist sehr selten. Ansonsten steht er leer.«

»Cool! Dann musst du uns nur die Adresse geben«, sagte Maria-Victoria. »Wir haben nämlich noch immer keine Klassenliste von Frau Rilke bekommen.«

Coco warf mit einem Kissen nach ihr. »Du bist eine kleine Geheimniskrämerin, Amelie Jesper. Ich habe auch gedacht, dass du in dem kleinen Häuschen wohnst, und wollte gerade vorschlagen, dass wir uns in die Villa der feinen Pinkel hereinschleichen und uns dort einen Ballsaal suchen. Genug Platz haben die in dem Riesenkasten ganz bestimmt.«

Coco lachte über ihren eigenen Scherz, aber der Gesichtsausdruck der neuen Freundin ließ sie verstummen. »Was ist denn los?«

Jetzt oder nie, dachte Amelie und nahm ihren ganzen Mut zusammen. »Ihr braucht keine neue Adresse von mir. Ich … meine Eltern und ich … also wir wohnen in dem Haus neben meinen Großeltern«, sagte sie und schaute zu Boden.

»In welchem Haus denn? Ich habe dort kein Haus mehr gesehen, nur das Knusperhäuschen und die Riesenvilla. War da noch ein Haus?«, fragte Lara verwundert.

»Nein«, antwortete Amelie.

Maria-Victoria verstand als Erste. »Du wohnst in der Villa?«, fragte sie neugierig. »In dem Riesenkasten?« Coco riss die Augen auf.

Amelie nickte. »Genau. In dem Riesenkasten.«

»Wow!« Lara sah sie prüfend an. »Echt? Warum hast du das nicht schon früher erzählt?«

»Ich … ich wollte es dir am Samstag sagen, aber dann klingelte dein Handy und du musstest ganz plötzlich weg.«

»Okay, das stimmt.« Lara dachte einen Moment nach. »Jetzt verstehe ich endlich die ganze Sache mit dem Tennisplatz … Wer war eigentlich die Frau, die an dein Handy rangegangen ist?«

»Die Sekretärin meines Vaters. Mein Handy lag zufällig in ihrer Nähe und sie ist drangegangen, ohne sich etwas dabei zu denken.« Amelie fühlte, wie sie rot anlief. Sie unterbrach sich kurz und suchte nach den richtigen Worten. »Ich meine, es ist nichts dabei, dass wir dort wohnen, und ich hoffe, dass ihr mir jetzt nicht böse seid.«

Maria-Victoria lächelte. »Quatsch. Warum sollte dir jemand böse sein? Ist doch cool, dass ihr so ein großes Haus habt.«

Lara nickte ebenfalls, nur Coco schien irritiert zu sein. »Irgendwie habe ich doch das Gefühl, dass du uns an der Nase herumgeführt hast«, sagte sie langsam und sah Amelie durchdringend an. »Ich meine, du hast am Samstag zugelassen, dass wir dachten, du wohnst in dem kleinen Haus, und ich verstehe immer noch nicht, warum. Ich fühle mich irgendwie von dir verschaukelt. Sicher, es war keine direkte Lüge, aber du hast uns auch nicht korrigiert! Also Heimlichkeiten sind Kacke und stinken!«

Die Stimmung schien plötzlich zu kippen. Nach Cocos deutlichen Worten schauten auf einmal auch Lara und Maria-Victoria ziemlich ernst drein, als hätten sie jetzt erst gecheckt, was wirklich vor sich ging.

Amelie überlegte nicht lange. »Okay, das verstehe ich und es tut mir leid. Aber gerade du hast es mir nicht leicht gemacht, Coco.«

»Ich? Wieso? Ich habe nicht gelogen!«

»Du hast meine Familie verurteilt, ohne uns zu kennen, und meintest, wir seien Snobs, die den ganzen Tag

Cocktails schlürfen. Oder dass wir uns von Dienstboten die Luft zufächern lassen würden. Feine Pinkel war die andere Bezeichnung. Das fand ich ganz schön gemein. Nur weil mein Vater ... vielleicht mehr Geld verdient, heißt es noch lange nicht, dass wir schlechte Menschen sind! Ich bilde mir auch kein Urteil über andere, ohne sie vorher richtig zu kennen.«

Amelie spürte, wie sie bei ihren Worten immer röter und röter im Gesicht wurde, aber das war ihr egal. Sie hatte sich alles von der Seele geredet. Na ja, noch nicht alles, weil sie verschwieg, dass ihr Papa ein berühmter Popstar war, aber dazu war sie noch lange nicht bereit. Die Absprache in ihrer Familie lautete: Es sollte gemeinsam entschieden werden, wer die Identität von John Jefferson kennen durfte, und daran wollte sie sich halten.

Schweigen breitete sich in Maria-Victorias Zimmer aus und eine ganze Weile sagte niemand etwas. Amelie fasste den Entschluss, jetzt besser zu gehen, damit die Sunny Sisters unter sich sein konnten, um jetzt ausgiebig über sie zu sprechen. Sie schluckte und stand auf.

»Musst du auf Toilette? Soll ich dir zeigen, wo sie ist?«, fragte Maria-Victoria freundlich.

Amelie schüttelte stumm den Kopf. »Nein danke. Ich gehe jetzt nach Hause, dann könnt ihr überlegen, ob ich noch beim Schulfest mit euch tanzen soll. Wenn nicht, dann sagt es mir morgen in der Schule. Wenn ihr wollt, dann könnt ihr trotzdem bei uns proben. Der Raum ist wirklich toll. Ihr seid eingeladen.«

»Ist es ein Ballsaal?«, erwiderte Coco mit einem ausdruckslosen Gesicht.

»Nein, tut mir leid, kein Ballsaal, sondern eine Art großes Gymnastikzimmer. Und wir haben eine Haushaltshilfe und eine Putzfrau, die den Raum sauber hält, aber keine Dienstboten, die Cocktails machen und …«

»… uns Luft zufächern werden«, vollendete Lara den Satz. »Amelie, setz dich bitte wieder hin. Ich denke, Coco will dir etwas sagen, oder, du altes Biest? Denn unsere Miss Cosima Fiona Serena Rost hat zwar eine ganz große Klappe, aber wer sie besser kennt, weiß, dass sie eigentlich supernett ist.«

»Du sollst meine drei Vornamen nicht aussprechen, sonst knallt's«, murmelte Coco und zog die Stirn in Falten.

»… und drohen kann sie auch ganz gut«, meinte Maria-Victoria. »Wirklich, Amelie. Geh jetzt bitte nicht!«

Amelie wusste nicht recht, wie sie sich verhalten sollte. Natürlich wollte sie hierbleiben und wünschte sich, dass alles wieder gut war. Sie schaute Coco fragend an. Diese wickelte sich eine Haarsträhne um den Finger.

»Schon gut, ja. Ich bin ein Ekelpaket und ich sollte bei den High Heels anheuern, ich weiß. Entschuldigung, du hast in allen Punkten recht. Ich hätte an deiner Stelle vermutlich auch nichts gesagt, wenn dich so ein Stinkstiefel wie ich direkt beleidigt hätte!«

Lara und Maria-Victoria grinsten. »Wir schieben Coco echt zu den Giftschlangen ab«, meinte Lara. »Das

Problem ist nur: Sie kann nicht auf hochhackigen Schuhen laufen! Nicht mal mit kleinen Absätzen kommt sie klar. Also lasst uns abstimmen: Wer ist dafür, dass Coco und Amelie hierbleiben und weiter mittanzen dürfen?«

Sie hoben alle die Hand. Amelie fühlte sich plötzlich so federleicht, als ob ihr ein Riesenstein vom Herzen gefallen wäre. Nicht schwindeln zu müssen, die Heimlichkeiten wegzulassen, sich endlich wohl in ihrer Haut zu fühlen – das Leben war wirklich toll!

Okay, da war noch die Sache mit Papa, flüsterte eine Stimme in ihrem Kopf. Aber die musste auf jeden Fall noch warten.

Sesam, öffne dich!

»Das ziehe ich nicht an! Auf gar keinen Fall! Grün ist so was von out!«, sagte Lara bestimmt.

Maria-Victoria, Coco und sie saßen auf der Rückbank von Frau Waldmanns Auto und fuhren zum Anwesen der Jespers, wo sie heute zum ersten Mal zusammen proben wollten. Es regnete schon den ganzen Tag und deshalb blieben die Fahrräder zu Hause.

»Außerdem macht es eine komische Gesichtsfarbe! Als müsste man sich übergeben. Wer hat sich so etwas Blödes ausgedacht?«, fragte Coco.

»Ich glaube, es war Tony«, antwortete Maria-Victoria.

»Tony? Der Hip-Hop-Trainer? Vielleicht hast du dich verhört und sie meinten gar nicht uns?«

Maria-Victoria schüttelte den Kopf. »Ganz bestimmt nicht. Tony und Xenia haben sich darüber unterhalten, als ich nach dem Training noch meine Turnschuhe geholt habe. Und es ging definitiv um den Auftritt bei der Modenschau und die Outfits dafür.«

Lara verzog das Gesicht. »Also ein grünes Tanzoutfit geht gar nicht! Tony ist ein Mann und Männer haben von Mode keine Ahnung! Das müssen wir Xenia sagen.

Was meinst du, Mama? Grün sieht doch auf der Bühne nicht gut aus, oder?«

Ihre Mutter lächelte und bog in die Landstraße stadtauswärts ein. »Ihr wisst noch gar nicht, ob ihr dabei seid, und schon streitet ihr über das Outfit. Ich würde an eurer Stelle erst einmal gar nichts sagen, das ist diplomatischer.«

»Wir sollten auf deine Mutter hören«, meinte Maria-Victoria. »Sonst klingen wir noch wie die High Heels!«

»Seid ihr auch schon so auf den Riesenkasten gespannt?«, wechselte Coco das Thema.

»Du solltest nicht mehr Riesenkasten sagen, Coco«, grinste Maria-Victoria. »Vor allem nicht vor Amelie. Sonst denkt sie wieder, dass du sie beleidigen möchtest.«

Lara mischte sich ein. »Finde ich auch. Aber um auf deine Frage zu antworten, ja, ich bin total gespannt! Sie haben sogar einen eigenen Tennisplatz, ist das nicht aufregend?«

»Weiß jemand, was ihre Eltern von Beruf sind?«, fragte Maria-Victoria. »Die scheinen ganz schön viel Geld zu haben. Mein Bruder meinte, dass Amelies Mutter sie neulich mit einem Sportwagen abgeholt hat!«

Die Freundinnen zuckten mit den Schultern.

»Keine Ahnung. Vielleicht ist der Vater Anwalt oder besitzt eine Firma«, meinte Coco. »Bei der Einschulung habe ich ihn mir nicht genau angesehen. Ich glaube, er hatte eine Brille. Dann arbeitet er vielleicht bei einer Bank.«

Mama schaltete sich in das Gespräch ein. »Nur weil er eine Brille trägt, heißt es nicht unbedingt, dass er bei einer Bank arbeitet, oder? Ihr solltet nicht zu viel darüber nachdenken. Außerdem ist es doch egal, wie viel Geld die Familie hat. Wichtig ist, dass ihr euch gut versteht. Eine Freundschaft sollte nicht von Dingen abhängen, die man besitzt. Übrigens, dort steht ›Privatstraße‹. Sind wir hier richtig?«

»Auf jeden Fall«, antwortete Lara. »Hier sind wir auch mit dem Fahrrad entlanggefahren. Hinter der Mauer liegt das große Grundstück. Siehst du die Bäume, Mama? Davon haben die echt viele, wie in einem Park. Das Eingangstor ist ganz am Ende der Straße, da kannst du uns herauslassen.«

Sie stiegen aus und vereinbarten eine Abholzeit. Dann standen sie wieder vor dem silberfarbenen Tor.

»Schaut mal, die Kamera über den beiden Klingelschildern! Die ist mir beim letzten Mal gar nicht aufgefallen«, sagte Coco.

»Mir auch nicht, aber das lag daran, dass Amelie schon hier war und uns hereingelassen hatte«, meinte Maria-Victoria und drückte auf den Knopf neben »Jesper«.

»Hallo! Geht den Hauptweg geradeaus! Ich komme

euch entgegen!«, ertönte Amelies Stimme durch die Gegensprechanlage. Das elektrische Tor glitt ein Stück zur Seite und die Mädchen traten ein. Sobald sie auf dem Grundstück waren, schloss es sich hinter ihnen ganz automatisch.

»Es ist wie bei ›Sesam, öffne dich‹«, flüsterte Maria-Victoria. »Als würden wir eine Märchenwelt betreten.«

»Du spinnst doch!«, meinte Coco lachend. »Wir waren vor ein paar Tagen schon einmal hier!«

Lara sagte gar nichts, aber sie ahnte, wie Maria-Victoria das meinte. Ihr erging es auf einmal genauso. Jetzt, wo sie wusste, dass Amelie in der riesengroßen schicken weißen Villa wohnte, die am Ende des Hauptwegs stand, war sie auch ein wenig eingeschüchtert. Es nieselte wieder kräftiger und die Mädchen beschleunigten ihre Schritte.

»Da kommt Amelie mit einem Riesenschirm«, sagte Coco und deutete auf die Freundin, die ihnen winkend entgegenlief. Sie trug einen riesengroßen roten Schirm mit weißen Punkten. »Er sieht aus wie ein giftiger Fliegenpilz.«

»Kommt schnell darunter, sonst werdet ihr total nass«, sagte Amelie. »Lara, deine Mama hätte euch auch bis vor unser Haus fahren können, das Tor lässt sich ganz weit öffnen. Beim nächsten Mal kannst du ihr das sagen.«

Kichernd zwängten sich die vier Mädchen unter den großen Schirm und gingen dicht aneinandergedrängt zum Eingang des Hauses. Dieser war von zwei weißen Säulen eingerahmt und es führten drei Stufen hinauf.

»Wow! Es ist echt ein Riesen…«, begann Coco und unterbrach sich wieder.

»…kasten, ja das ist es«, vollendete Amelie ihren Satz und grinste. »Bevor ihr mich fragt, warum wir zu dritt in so einem großen Haus wohnen – keine Ahnung. Meine Eltern haben es ausgesucht und gekauft, okay?«

Coco winkte ab. »Sorry, ich wollte nicht lästern. Es ist nur so … riesig eben.«

»Es sieht toll aus«, sagte Lara und meinte es auch so. Sie schaute sich um und war total beeindruckt. Vor dem Haus gab es rechts und links eine Veranda, wie in den amerikanischen Filmen, die sie so gern sah. Überall standen Terrakotta-Töpfe mit Blumen und Grünpflanzen. Auf der rechten Seite der Veranda entdeckte Lara voller Entzücken zwei weiße Schaukelstühle und auf der linken eine weiße Holzbank mit orangefarbenen Kissen. Sie stellte sich vor, wie Amelie und ihre Eltern hier abends saßen und auf den Vorgarten blickten, der aus lauter bunten Rosensträuchern bestand, die um einen Springbrunnen herum wuchsen. Das Wasser im Brunnen kam aus den Schnäbeln dreier steinerner Schwäne, die genau in der Mitte ihre Köpfe zusammensteckten.

Die Mädchen gingen die Stufen hinauf und blieben vor der Haustür stehen.

»Was ist denn das?« Coco zeigte auf eine Vorrichtung über der Klinke, an der zwei Knöpfe und ein kleiner Bildschirm zu sehen waren. »Das habe ich schon außen am Tor gesehen.«

»Das ist ein Fingerabdruck-Türöffner«, erklärte Amelie und machte direkt vor, wie er betätigt wurde. Sie legte ihren Zeigefinger auf den Bildschirm und drückte auf einen Knopf. »Mein Finger wird jetzt gescannt und dann können wir ins Haus hinein. Es ist praktisch, denn man braucht keinen Schlüssel.«

»Ich sage ja: ›Sesam, öffne dich‹«, murmelte Maria-Victoria.

Lara und ihre Freundinnen staunten, als die Tür daraufhin tatsächlich aufging. Amelie führte sie in eine große Empfangshalle hinein, vorbei an einer Marmortreppe in den hinteren Trakt des Hauses.

Ihre Mutter kam ihnen entgegen. »Hallo, Mädchen. Schön, dass ihr da seid. Ich bin Helena Jesper. Wir haben uns schon teilweise bei der Einschulungsfeier gesehen.«

Die Mädchen gaben der schlanken blonden Frau die Hand und stellten sich kurz vor.

»Amelie hat mir erzählt, dass ihr bei uns für einen Schulauftritt proben werdet? Das finde ich ganz toll. Vielleicht darf ich irgendwann einmal bei euch Mäuschen spielen und zuschauen?«

»Mami!«

Helena Jesper lächelte. »Nein, ist schon klar, ich lasse euch allein. Falls ihr euch nach dem Training abkühlen und schwimmen gehen möchtet – der Pool hat eine angenehme Wassertemperatur.«

»Pool?«

»Ihr habt einen Swimmingpool?«

»Es regnet aber draußen!«

»Wir haben keine Badeanzüge dabei!«

Die Sunny Sisters sprachen alle durcheinander. Lara dachte, dass Amelies Eltern wirklich ziemlich viel Geld haben mussten, wenn sie sich so ein großes Haus mit Tennisplatz und Swimmingpool leisten konnten.

»Der Swimmingpool befindet sich im Wintergarten und ist überdacht. Dort haben wir auch einen Schrank mit Badesachen, die ihr euch gern ausleihen könnt. Amelie wird euch alles zeigen«, sagte Helena Jesper.

»Mami, wir möchten trainieren«, sagte Amelie, der das Ganze offensichtlich peinlich war.

»Ach so, natürlich, dann viel Spaß. Frau Jürgens hat euch etwas zu trinken sowie eine kleine Stärkung in den Spiegelraum gestellt«, meinte ihre Mutter und verschwand lächelnd.

»Ihr habt echt einen überdachten Pool?«

»Dürfen wir den mal sehen?«

»Wie groß ist er?«

Die Mädchen sprachen wieder alle durcheinander. Lara hakte sich bei Amelie unter. »Du wirst uns nicht mehr los, das ist dir hoffentlich klar. Wir hatten dich schon vorher gern, aber jetzt wollen wir alle bei dir einziehen.«

Amelie entspannte sich sichtlich, als sie merkte, dass Lara sie auf den Arm nahm. »Also gut, wir gehen kurz in den Wintergarten, dann könnt ihr den Pool sehen, aber da wir zu arbeiten haben, zeige ich euch sofort danach den Spiegelraum. Wir nennen ihn so, weil er auf einer Seite voll verspiegelt ist. Die Leute, die hier früher gewohnt haben, hatten ihn für ihre Tochter herrichten lassen, weil sie Ballett getanzt hat. Mein Papa … meine Eltern benutzen ihn manchmal für … verschiedene Übungen, aber da wir auch einen Fitnessraum haben, steht er meistens leer.«

Lara wollte schon fragen, was Amelies Eltern eigentlich beruflich machten, aber dann fielen ihr die Worte von Mama ein, dass sie nicht so neugierig sein sollten, und sie überlegte es sich anders. Im nächsten Moment war das auch vergessen, denn sie betraten den Wintergarten.

Auf diesen Anblick war Lara nicht vorbereitet. Der riesengroße Raum war von allen Seiten verglast. Er war in zwei Bereiche unterteilt. Links gab es eine Bar sowie einen runden Esstisch aus Glas, um den herum acht graue Rattanstühle standen. In der Mitte gab es eine Trennwand aus Milchglas, die jetzt geöffnet war und den Blick freigab auf den Schwimmbereich, der sich auf der rechten Seite befand. Ein in Türkisgrün schimmernder, ziemlich großer Pool in Tropfenform sowie mehrere bequeme Liegen luden zum Baden und Chillen geradezu ein. Drumherum waren große Pflanzentöpfe verteilt, außerdem gab es ein Regal mit dicken, flauschigen Handtüchern, einen Schrank, vermutlich mit den Badesachen, sowie eine echte Umkleidekabine mit Schwingtüren. Den Sunny Sisters blieb der Mund weit offen stehen.

»Cool! Ist das super hier!«, sagte Maria-Victoria fast ehrfürchtig, und Coco ließ sich auf einen der Rattanstühle fallen. »Müssen wir wirklich heute proben? Ich würde viel lieber schwimmen gehen. Euer Pool sieht so verlockend aus. Ich höre ihn schon rufen: ›Coco, komm ins Wasser!‹ Diesem Ruf muss ich folgen!«

Die Mädchen kicherten. »Und das Dach kann man wirklich öffnen? Dann kann man sich bei gutem Wetter auch sonnen! Mensch, hast du es gut, Amelie! Das alles ist hier wirklich der pure Luxus!«, rief Maria-Victoria.

Lara wollte gerade etwas Ähnliches sagen, aber beim Anblick von Amelie biss sie sich auf die Zunge, denn der Freundin schien das alles ziemlich peinlich zu sein.

»Hey! Wir meinen das nicht böse oder ironisch«, sagte sie stattdessen. »Aber hier ist es echt … wie im Fernsehen! Ihr habt sogar eine echte Umkleidekabine!«

Amelie schien sich wieder zu fassen und erklärte, dass man nicht nur das Dach, sondern auch die hintere Glaswand öffnen konnte, sodass der Pool dann fast im Freien war.

»Wir können nachher vielleicht eine Runde schwimmen, aber jetzt sollten wir wirklich mit dem Training beginnen«, meinte sie. »Sonst haben die High Heels beim Schulfest wirklich die Nase vorn.«

Als sie ihre Erzfeindinnen erwähnte, sprang Coco auf. »Du hast völlig recht. Die Stinkfüße dürfen nicht mit ihrem schäbigen Plan durchkommen, daher muss ich dem Swimmingpool vorerst bye-bye sagen! Aber ich komme wieder!«

Die Freundinnen lachten und ließen sich von Amelie zum angrenzenden Fitnessbereich führen. Lara bestaunte die neuesten Trainingsgeräte, aber die wirkliche Überraschung war der Raum dahinter.

»Das ist unser sogenannter Spiegelraum«, meinte Amelie, als sie die Tür öffnete.

»Der ist ja genauso groß wie der Übungsraum bei Dance Star!«, rief Maria-Victoria und machte zusammen mit Coco direkt ein paar Radschläge auf dem hellen Parkettboden.

Lara sah sich um. Der Saal war einfach perfekt! Auf der linken Seite gab es einen durchgängigen Spiegel sowie eine Haltestange, wie sie beim Ballett benutzt wurde. Die gegenüberliegenden bodenlangen Fenster ließen einen Blick auf den Garten frei, konnten aber auch mit dunklen Vorhängen zugezogen werden. In einer hinteren Ecke entdeckte sie eine Musikanlage. Die Boxen hierfür waren zusammen mit bunten Lichtern in einem Kreis direkt an der Decke angebracht.

»Amelie, das ist total obercool«, sagte sie und zog die neue Freundin tanzend in die Mitte. »Warum hast du nicht schon früher etwas davon erzählt? Das ist einfach der Hammer!«

Tessas Entdeckung

Die Tage vergingen wie im Flug und bei den Sunny Sisters drehte sich alles nur noch ums Tanzen. Sobald sie ihre Schularbeiten erledigt hatten, fuhren sie entweder zum regulären Training bei Dance Star, wo alle fleißig das »Fashion Medley« probten, oder sie trafen sich bei Amelie, wo sie im Spiegelraum die Katy-Perry-Choreo für das Schulfest erarbeiteten. Lara fragte wie versprochen Amelie die Englisch-Vokabeln ab und der erste Test fiel für sie alle recht ordentlich aus. Die Freundinnen kannten sich inzwischen ganz gut auf dem Jesper-Anwesen aus und auch im Haus durften sie sich fast überall frei bewegen.

Fast, wie Lara ihren Eltern beim Abendessen erzählte, denn die Arbeitsräume von Herrn und Frau Jesper waren der einzige Bereich, zu denen sie keinen Zugang hatten. Amelie erklärte den Sunny Sisters direkt bei ihrem zweiten Treffen, dass ihre Mutter den »Bürokram« des Vaters, wie sie es nannte, zusammen mit einer Sekretärin erledigte und auch Johannes Jesper öfter von zu Hause aus arbeitete, wenn er nicht auf Reisen war. Dieser Bürobereich schien sehr groß zu sein und Lara fragte sich, wie viele Räume dort wohl sein mochten. Er lag ganz hinten in der L-förmigen Villa und war nur durch einen bestimmten Flur erreichbar. Die Tür dazu war jedoch stets geschlossen und ebenfalls mit einem Fingerabdruck-Scanner versehen.

Die Sunny Sisters nahmen inzwischen an, dass Amelies Vater ein wichtiger Manager sein musste, wenn er eine Privatsekretärin beschäftigte, die sogar ins Haus kam. Sie fragten jedoch nicht weiter nach, denn Amelie wich allen Fragen nach seinem Beruf aus. Lara stellte sich manchmal vor, dass er vielleicht sogar etwas Gefährliches beruflich machte, das niemand wissen sollte, und man ihn deshalb nie zu Gesicht bekam. Aber das sagte sie ihren Eltern lieber nicht, denn sie befürchtete, dass man sie dann nicht mehr zu der neuen Freundin lassen würde.

»…und nach dem Tanzen gehen wir immer eine Runde schwimmen«, beendete Lara ihre Erzählung. »Stellt euch vor, sie haben einen Schrank, wo es Badesachen in allen möglichen Größen gibt! Amelie meinte, dass ihre Mutter sie angeschafft hat, falls mal unverhofft Besuch kommt und alle schwimmen gehen möchten. Ist das nicht total krass?«

Wie schon seit Tagen kannte Lara gerade kein anderes Thema als die Villa der Jespers mit all ihren luxuriösen Dingen. Dagegen verblasste sogar schon fast der Auftritt der Mädchen beim Schulfest am nächsten Tag.

Mama sah Papa an, während Marc »Marci auch schwimmen!« rief. »Ich kenne den Mann von irgendwoher, das habe ich dir schon bei der Schuleinweihung gesagt«, erklärte sie. »Vielleicht doch von der Bank. Möglicherweise ist er Vorstand.«

Papa zuckte mit den Schultern. »Ich kannte ihn nicht, aber die Leute schienen ganz nett zu sein.«

»Sind sie auch!«, versicherte Lara. »Obwohl ihr Vater ziemlich oft beruflich unterwegs ist, sagt Amelie. Bisher haben wir ihn noch nicht zu Gesicht bekommen, sondern nur die Mutter. Die ist total nett! Und die Haushälterin auch. Die bringt uns immer etwas Leckeres zu essen, nimmt uns die nassen Badesachen ab und verteilt die Haartrockner. Man kommt sich vor wie in einem Film! Es ist der pure Luxus!«

»Na, na, Lara«, mahnte Papa. »Hoffentlich beurteilst du die Familie nicht nur danach, was sie alles besitzen.«

»Nein! Ich mochte Amelie von Anfang an! Da wusste ich noch gar nicht, dass sie wie eine moderne Prinzessin lebt. Wenn ihr bloß ihr Zimmer sehen würdet! Genau genommen hat sie sogar zwei, mit einer Verbindungstür. In dem einen schläft sie in einem total schönen Himmelbett! Dort macht sie auch ihre Hausaufgaben. Das andere ist das Spielzimmer, da gibt es alle Spielkonsolen, die ihr euch vorstellen könnt, und coole Spiele und Zeitschriften und überhaupt jede Menge GBK …«

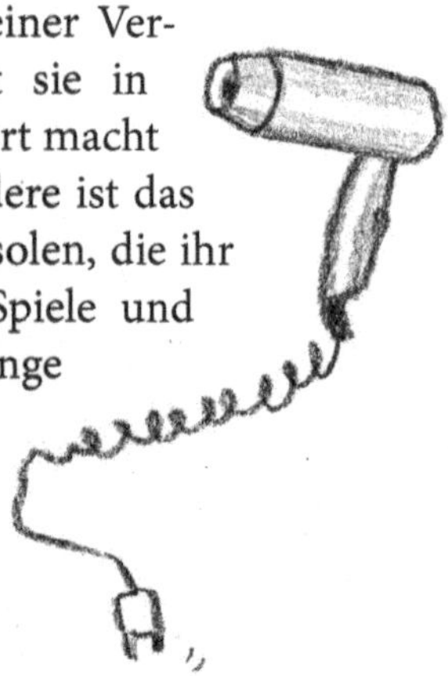

»GBK? Was soll das sein?«, fragte Papa.

»Girls-Beschäftigungskram, ist doch logisch! Wir nennen es nicht mehr Spielsachen, das ist kindisch«, klärte Lara ihn auf.

Mama und Papa wechselten einen Blick. »Übertreib es nicht. Ich hoffe, dass du dich von den Äußerlichkeiten nicht zu sehr beeindrucken lässt«, sagte ihre Mutter.

»Mama! Was denkst du von mir?«

»Mir ist es wichtig, dass du wirklich die Freundschaft schätzt, die sich zwischen euch entwickelt, und nicht den Pool oder den Tennisplatz oder die Spielkonsolen.«

Lara war fast beleidigt. »Ich habe dir doch gesagt, dass ich Amelie total gernhabe. Als Freundin.«

»Dann ist es ja gut.«

»Aber dass wir dort schwimmen, spielen und trainieren können, ist natürlich auch ganz praktisch …«, meinte Lara schmunzelnd.

Mama bemühte sich, strafend zu gucken, aber auch sie musste lachen. »Wenn du jetzt glaubst, dass wir da mitziehen können, dann hast du dich geirrt. Und weil unser Butler dauerhaft freihat, holst du mir jetzt bitte die Tomaten aus dem Kühlschrank und schneidest sie in kleine Stücke«, sagte ihre Mutter.

Lara wagte nicht zu protestieren, weil sie ahnte, dass Mama sie gerade testen wollte. Sie holte die Schale mit den Tomaten und legte sich ein Messer und ein Brett zurecht. »Wie klein?«

»In schöne kleine Salatstücke, meine Süße. Ein Küsschen als Dankeschön?«

»Trinkgeld wäre mir lieber«, gab Lara grinsend zurück. Dann schnitt sie die Tomaten und erzählte immer noch von Amelies großem Haus, vom morgigen Schulfest und dem gemeinen Plan der High Heels.

»Die wollten uns wirklich reinlegen! Deshalb geben wir bei der zweiten Choreo mächtig Gas! Wir werden sie morgen an die Wand tanzen! Ihr kommt doch, oder? Wir sind um 15 Uhr dran.«

Mama nickte. »Um nichts in der Welt lassen wir uns euren Auftritt entgehen. Mal sehen, ob Amelies Vater auch kommt, dann kann ich noch einmal überlegen, woher ich ihn kenne.«

Am nächsten Morgen war Lara in Gedanken schon beim nachmittäglichen Schulfest. Hoffentlich würde alles so klappen, wie sie es sich vorgenommen hatten! Der Katy-Perry-Tanz klappte sehr gut und sie hatten bis auf Amelie keine Bedenken, dass die Choreo super ankommen würde. Amelie litt zwar noch immer an totalem Lampenfieber, aber Lara hoffte, dass sie es später überwinden würde. Sie machte sich viel mehr Sorgen um die Lady-Gaga-Anfangsnummer. Was würde passieren, wenn die High Heels vor allen Leuten eine Szene machten?

Sie versorgte schnell ihre Nymphensittiche, verzichtete jedoch auf das übliche Plaudern, sondern machte sich rasch auf den Weg zur Schule. Als Lara gerade an der Kreuzung kurz vor dem Schulgebäude ankam und vor der roten Ampel bremsen musste, stieß sie fast mit

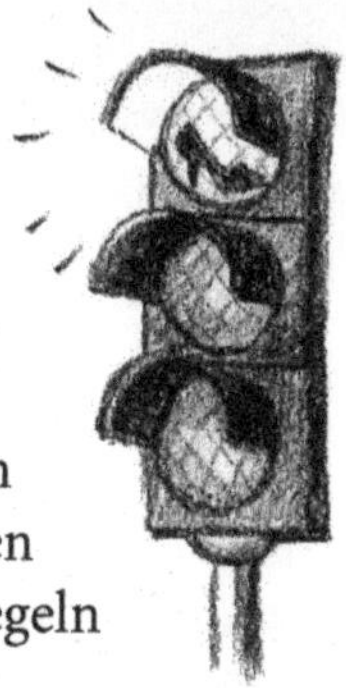

einem anderen Fahrrad zusammen, das rechts um die Kurve kam.

»Pass doch auf, du blöde Kuh!«

Die Stimme war unverkennbar. Tessa.

»Ich wünsche dir auch einen guten Morgen, Tess!«, sagte Lara sarkastisch. »Wenn die Ampel Rot zeigt, dann muss man stehen bleiben, auch wenn du vielleicht andere Regeln aufstellen würdest.«

»Du fährst noch mit Helm? Wie kindisch!«, giftete Tessa zurück und musterte Lara von oben bis unten.

»Es ist nicht kindisch, sondern klug. Solltest du auch machen, Tessa«, sagte eine Jungenstimme hinter ihnen. Lara drehte sich überrascht um und sah in das Gesicht von Daniel, einem Jungen aus ihrer Klasse, der ebenfalls einen Helm trug. Er war ihr bisher nicht sonderlich aufgefallen, weil er sehr ruhig und zurückhaltend schien.

Tessas Verhalten änderte sich prompt. »Hi, Danny!«, sagte sie zuckersüß und klimperte mit den Wimpern. »Ich habe sonst auch einen Helm dabei. Nur heute hätte er mir die Frisur zerstört. Meine Haare dürfen wegen des Schulfests heute Nachmittag nicht allzu platt werden!«

Lara wollte gerade erwähnen, dass sie Tessa noch nie mit einem Helm gesehen hatte, aber sie merkte, dass Daniel sie gar nicht beachtete, sondern ihre Feindin überaus freundlich anlächelte.

Jungs sind so blöd, dachte Lara. Sie fallen auf die ätzendsten Mädchen herein.

Die Ampel sprang auf Grün und Daniel überholte zuerst sie und dann Tessa, die ihm lächelnd zuwinkte und hinterherschaute. »Er ist süß, oder?«, sagte sie und dann schien ihr einzufallen, dass sie mit Lara sprach, denn sie verstummte prompt.

Eine dunkelblaue Limousine hielt am Straßenrand und die beiden Mädchen fuhren mit ihren Rädern langsam daran vorbei.

»So ein Auto kostet mindestens 150 000 Euro«, meinte Tessa und drehte sich neugierig um. »Wem das wohl gehört?«

Lara wunderte sich zwar, dass sie wieder mit ihr sprach, und wollte schon etwas erwidern, doch als sie sich umblickte, sah sie, dass es Amelie war, die aus dem Wagen stieg! Ein Mann im Anzug öffnete den Kofferraum und reichte ihr den Schulrucksack und eine Sporttasche. Es war nicht Amelies Vater, den hatte sie ganz anders in Erinnerung, aber wer war es dann? Lara drosselte ihr Tempo und beobachtete amüsiert, wie Tessa erst überrascht ihren Mund aufklappte, dann scharf abbremste und schließlich sogar ganz abstieg und auf den Bürgersteig kletterte.

»Hallo, Mel!«, rief sie mit einem honigsüßen Unterton und ging auf sie zu. »Ist das euer Auto? Cool!«

Amelie schien in Panik zu geraten und entfernte sich schnell von der Limousine. Lara kam ihr zu Hilfe. »Hi! Hier bin ich!«, rief sie und winkte. Die Freundin sah erleichtert aus, denn sie sagte nur ein kurzes Hallo zu Tessa und lief rasch auf Lara zu.

»Hi.« Sie war ganz rot im Gesicht, als ob es ihr furchtbar peinlich wäre, dass die anderen die Limousine gesehen hatten, deshalb sagte Lara erst einmal gar nichts.

Aber sie rechneten nicht damit, dass Tessa sich direkt an ihre Fersen haften würde. »Mel! Warte doch! Das ist ein heißes Auto! Wie teuer war das? Mein Papa hat mir letztens ein ähnliches gezeigt und meinte, dass es mindestens 150 000 Euro kosten würde. Stimmt das? Habt ihr so viel Geld? War das dein Vater, der da gerade ausgestiegen ist? Du hast gar keine Ähnlichkeit mit ihm! Kommt er heute auch zum Schulfest?«

Amelie hatte wieder Panik in den Augen, deshalb antwortete Lara für sie: »Sei nicht so neugierig, Tess. Du weißt doch, dass das die erste Stufe in die Hölle ist!«

»Pah!«, antwortete diese. »Dich habe ich doch gar nicht gefragt! Warum mischst du dich ein? Ich kann fragen, was ich will und wen ich will! Amelie ist meine Schulfreundin. Mel, hast du nach dem Schulfest Zeit? Wollen wir uns verabreden?«

Ihr Versuch war so plump, dass Lara fast lachen musste.

»Nein«, antwortete Amelie leise. »Da kann ich nicht.«

»Dann vielleicht morgen?«

Sie erreichten den Schulhof, wo Annabell und Vivien schon auf Tessa warteten. »Was ist morgen?«, fragte Vivien neugierig.

»Da will ich mich mit Mel treffen«, sagte Tessa.

»Mit wem?« Annabell und Vivien sahen sich verdutzt an.

»Mit Mel«, Tessa zeigte mit dem Finger auf Amelie. »Ihr könnt ja wohl einen Tag ohne mich auskommen, ihr Kletten.«

Lara war fassungslos über ihre fiese Art, und auch Amelie schien sich wieder gefangen zu haben, denn sie lief nicht weiter, sondern blieb stehen.

»Nein, Tessa, ich habe morgen auch keine Zeit«, sagte sie in einem ruhigen Ton. »Und auch nicht übermorgen. Im Moment habe ich überhaupt keine Zeit für dich. Ich finde es übrigens ganz schön gemein, wie du deine Freundinnen behandelst.«

Vivien und Annabell sahen einen Moment zu Boden, aber dann zeigten sie sich wieder von ihrer loyalen Seite. »Sie ist gar nicht gemein zu uns, du hast doch keine Ahnung«, meinte Annabell.

Und Vivien fügte hinzu: »Du kannst das gar nicht beurteilen, denn du kennst uns gar nicht. Komm, Tess! Wir müssen noch etwas wegen des Auftritts besprechen!«

Lara beobachtete voller Erstaunen, wie sich in Tessas Gesicht das zuckersüße Lächeln in ein fieses, spöttisches Grinsen verwandelte. Sie musterte Amelie von oben bis unten und sagte: »Du hältst dich wohl für etwas Besseres? Hast du denn keinen Spiegel zu Hause? Die Sachen, die du immer anziehst, sind so was von langweilig und out! Und dieser lockige Mopp auf deinem Kopf … Na ja, ich habe es dir schon einmal gesagt: Geh zum Friseur! Falls der dir überhaupt noch helfen kann!«

Damit drehte sie sich um, winkte ihren beiden Hofdamen zu, und alle drei stolzierten davon. Lara und

Amelie schauten sich an. »Ist sie nicht unmöglich?«, sagte Lara. »Eine Hexe. Ich freue mich darauf, ihr heute Nachmittag auf der Bühne eins auszuwischen!«

Amelie nickte. »Ich hätte nie gedacht, dass ich das mal sagen würde, aber ich auch! Hast du gesehen, wie sie plötzlich meine Freundin sein wollte? Und das nur, weil sie entdeckt hat, dass ich aus dem großen Auto ausgestiegen bin. Das ist so hinterhältig! Ihr geht es offensichtlich nur um Äußerlichkeiten!«

»Apropos Auto …«, meinte Lara. »Ich will ja nicht neugierig sein, aber das war doch nicht dein Vater am Steuer, oder?«

Ihre Freundin errötete leicht. »Nein. Es war Herr Fels, der … Fahrer von Papa. Er bringt mich manchmal zur Schule, wenn Mama nicht kann, aber bitte, erzähl es nicht herum.«

Lara versprach es. Sie bemühte sich, unbeteiligt zu schauen, aber sie war wieder einmal beeindruckt. Familie Jesper hatte einen echten Chauffeur, der Amelie mit einer superteuren Limousine zur Schule brachte! Sie wunderte sich fast ein wenig, wie Amelie es schaffte, so normal zu bleiben und nicht abzuheben, und ahnte, dass sie sich sogar absichtlich nicht bis vor die Schule fahren ließ.

Wenn es dagegen eine der High Heels gewesen wäre, dann würden sie damit ohne Ende angeben und die Limousine bis auf den Schulhof vorfahren lassen, davon war Lara überzeugt.

Coco und Maria-Victoria kamen lautstark auf sie zu.

»Seid ihr auch schon so aufgeregt? In ein paar Stunden heißt es: Bühne frei für die neuen Schulstars – die Sunny Sisters!«, rief Maria-Victoria.

»Und bye-bye, ihr stinkenden High-Heels-Schlangen!«, ergänzte Coco. »Bewerft sie mit Tomaten und faulen Eiern und jagt sie von der Bühne!«

»Ganz deiner Meinung! Ich bin die Erste, die wirft!«, meinte Lara.

Maria-Victoria sah die Freundin erstaunt an. »Dass Coco giftig werden kann, wissen wir. Aber du scheinst ja heute auch besonders wütend auf die High Heels zu sein! Was ist denn los?«

Lara schüttelte den Kopf und berichtete, wie sie vorhin beinahe mit Tessa zusammengestoßen wäre, diese sich anschließend an Amelie herangeworfen hatte und sich mit ihr auf einmal verabreden wollte. Sie erwähnte zwar ein großes Auto als Grund, ließ aber den Chauffeur in ihrer Erzählung weg, was ihr einen dankbaren Blick von Amelie einbrachte.

»Typisch Tessa! Die ist nur auf ihren Vorteil aus!«, ereiferte sich Coco. »Und Bell und Viv sind wie ihre Schoßhündchen. Sie folgen ihr überallhin und machen alles, was das Frauchen sagt. Aber heute werden alle drei ihr blaues Wunder erleben! Die werden sich so was von blamieren!« Sie senkte die Stimme. »Ich freue mich so auf ihre doofen Gesichter, wenn sie merken, dass wir bei Lady Gaga mit auf die Bühne gehen!«

Der Plan geht auf

Wegen des Schulfests hatten alle Schüler nach der vierten Stunde bereits Unterrichtsschluss. Amelie und die Sunny Sisters fuhren aber nicht nach Hause, sondern blieben im Schulgebäude, um bei den Vorbereitungen zu helfen. Fast alle ihre Klassenkameraden waren da – alle, bis auf die High Heels. Sie waren direkt nach dem Pausenklingeln spurlos verschwunden. Amelie wunderte sich gar nicht, denn sie kannte Tessa und Co. mittlerweile aus der Tanzschule gut genug, um zu wissen, dass sie sich vor helfenden Aufgaben gern drückten. Als bei Dance Star das Jubiläumsfest gefeiert wurde, ließen sich die drei auch nur zum Tanzen blicken und halfen nirgendwo mit.

»Wo sind denn Vivien, Annabell und Tessa?«, fragte auch prompt Frau Rilke, die die Abwesenheit des Trios bemerkte, als die Kids aus ihrer Klasse den Stand für die Fruchtcocktails aufbauten.

»Sie müssen sich noch für den Tanzauftritt umziehen und wollten sich vorher ein bisschen ausruhen«, sagte Eduard-Carl. Oder war es Konrad-Paul? Amelie wusste es nicht auf Anhieb und sie konnte auch nicht erkennen, ob dieser Zwilling eine Narbe hatte. Allerdings war es interessant, warum er als Einziger so genau informiert war, wo die Stinkfüße abgeblieben waren. Standen die Grafen womöglich wirklich auf Tessa?

»Ausruhen?«, murmelte Lara neben ihr, während sie Papierservietten faltete. »Für wen halten die sich eigentlich? Für das königliche Tanzballett?«

Auch die Klassenlehrerin zog die Augenbrauen hoch. »Aha. Und bei wem haben sie sich abgemeldet? Bei mir jedenfalls nicht. Alle anderen helfen schließlich auch mit.«

»Ich finde das unmöglich«, meinte Coco ziemlich laut. »Die hauen einfach ab und kümmern sich um nichts. Dabei sollen wir alle mit anpacken. Wir tanzen schließlich auch und helfen trotzdem.«

»Es dient nicht gerade der Klassengemeinschaft«, fügte Frau Rilke hinzu, und man merkte ihr an, dass sie ein wenig sauer war.

Die Jungen stellten drei Tische zusammen und die Mädchen legten eine orangefarbene Papiertischdecke darüber, auf die bunte Dekofrüchte sowie gelbe Becher mit Strohhalmen und kleinen Papierschirmen verteilt wurden. Später würden hier verschiedene Säfte und Sirupflaschen stehen, die jetzt im Kühlschrank des Lehrerzimmers gelagert wurden.

Melissa, Lilly und Annika hängten bunte Girlanden sowie ein Plakat auf, auf dem die verschiedenen Cocktailnamen, die Zutaten und Preise standen. Sie hießen zum Beispiel »Blue Paris«, »Red Berlin«, »Pink Rome«

oder auch »White New York«. Amelie fand, dass sich die Getränke lecker anhörten, und wollte später einen »Yellow London« ausprobieren, einen Pfirsich-Maracuja-Cocktail mit Zitronensaft.

Sie schaute an der Bühne vorbei, die genau vor dem Haupteingang zum Schulgebäude aufgebaut war, und winkte Coco zu, die gerade die Holzbretter fegte. »Guck mal, die Hexen haben ihre Besen gar nicht mitgenommen«, meinte Coco halblaut, und Amelie lachte kopfschüttelnd. »Es ist echt unmöglich, dass die sich einfach verzogen haben!«

Coco sprang von der Bühne herunter. »Andererseits funktioniert aber unser Plan umso besser und sie bekommen vorab nichts mit. Wenn wir mit ihnen zum Lady-Gaga-Song auf die Bühne gehen, sagen wir Frau Rilke, dass wir die Gemeinschaft fördern möchten.«

»Oder wir sagen ihr die Wahrheit«, meinte Amelie. »Es ist euer Tanz und die wollten ihn klauen!«

»Wie auch immer: Es wird funktionieren«, sagte Coco zuversichtlich. »Die Stinkfüße zeigen auch in der Schule immer öfter ihr wahres Gesicht oder, besser gesagt, eine ziemlich hässliche Fratze. Und jetzt komm! Wir sollten alle nach Hause fahren, damit wir uns auch für den Auftritt fertig machen können!«

Amelie biss sich auf die Lippen. »Ich weiß wirklich nicht, ob ich das kann«, sagte sie. »Ich … ich glaube, ich traue mich nicht.«

»Was denn? Dich umziehen?«

»Nein. Tanzen, meine ich. Wenn ich darüber nachdenke, dass der Schulhof womöglich total voll ist und ich auf dieser Bühne stehen soll … Vielleicht könnt ihr doch beide Songs allein tanzen?«

Coco legte ihr einen Arm um die Schulter. »Amelie, du willst uns doch nicht im Stich lassen, oder?«, fragte sie.

Amelie war sich nicht sicher, ob die Frage ernst gemeint war, denn Coco machte ein totales Pokerface. »Nein, natürlich nicht«, sagte sie daher. »Aber die Choreo kann man auch zu dritt tanzen. Und bei der Lady-Gaga-Nummer seid ihr sowieso allein auf der Bühne. Es würde also niemandem auffallen, wenn es bei dem zweiten Song genauso wäre.«

»Das stimmt, aber trotzdem würde uns jemand fehlen«, sagte Coco. »Du hast mittrainiert und wir verlassen uns darauf, dass du neben uns stehst. Wenn du kneifst, dann haben wir alle ein schlechtes Gefühl im Bauch. Deshalb darfst du uns nicht im Stich lassen!«

Amelie war sich nicht sicher, ob sie die Argumente richtig verstanden hatte, und wollte eigentlich wieder Nein sagen, doch zu ihrem eigenen Erstaunen nickte sie und sagte: »Okay, ich versuch's. Aber wenn ich vor Schreck ohnmächtig werde, dann dürft ihr mir nicht böse sein.«

Zwei Stunden später waren die vier Freundinnen wieder zurück auf dem Schulgelände. Sie trugen alle dunkelblaue Leggings, weiße Turnschuhe, einen kurzen Jeansrock und ein hellblaues T-Shirt. In ihren Haaren steckte eine hellblaue Stoffblume, die sie mit einer Spange hinter dem rechten Ohr befestigt hatten. Dieses Outfit hatten sie während einer Probe bei Amelie besprochen, denn vor lauter Training blieb keine Zeit mehr für ein richtiges Sunny-Meeting.

Musik kam ihnen entgegen, die ein Zehntklässler am DJ-Pult machte, bei der Cafeteria duftete es nach frisch gebackenen Waffeln, Grillwürstchen und anderen Leckereien. An den einzelnen Spiel- und Angebotsständen, die in Hufeisen-Form auf dem Schulhof standen, war schon allerhand los und von überall her strömten weitere Schüler, Eltern, Lehrer und andere Besucher.

Maria-Victoria trug ein zusammengerolltes Plakat in der Hand. »Das müssen wir noch neben der Bühne aufhängen«, sagte sie und zog die Mädchen dorthin. Amelie konnte sich nicht daran erinnern, dass sie es gemeinsam gemalt hatten, daher nahm sie an, dass sich die Sunny Sisters doch einmal ohne sie getroffen hatten.

Die Erkenntnis versetzte ihr einen kleinen Stich, obwohl sie wusste, dass es albern war. Die drei waren schließlich schon seit Jahren befreundet und sie gehörte ja nicht richtig dazu. Sie hatten das Recht, sich allein zu treffen, und mussten ihr gar nicht Bescheid geben oder sie dazubitten. Trotzdem hoffte Amelie, dass sie eines Tages auch ein Teil der Clique werden könnte. Nach so kurzer Zeit hatte sie die drei Mädels richtig ins Herz geschlossen.

»Wann habt ihr das Plakat gemalt?«, fragte sie leise.

»Ich habe es gestern Abend gemalt«, antwortete Maria-Victoria. »Nach Absprache mit Coco und Lara.«

Die drei Freundinnen sahen sich vielsagend an. Amelie senkte den Blick. Warum fühlte sie sich so enttäuscht? Sie durften doch telefonieren, sooft sie wollten, und mussten mit ihr keine Absprachen treffen. Und jetzt kicherten sie auch noch total blöd …

Wahrscheinlich würde sie niemals richtig dazugehören!

Maria-Victoria rollte das Plakat aus und Coco half ihr, es an einem Bühnenpfeiler festzumachen. Amelie warf einen Blick darauf. Es sah schön aus, so richtig knallig bunt.

Moment mal.

Sie schaute noch einmal hin.

Ihr Herz machte einen Sprung.

War das möglich?

Unter dem knallroten Schriftzug SUNNY SISTERS! stand nicht nur »Coco!«, »Marvi!« und »Lara!«, sondern auch … »Amelie!«.

Amelie blinzelte ein paarmal, aber ihr Name blieb. Er stand tatsächlich darauf! Jetzt bemerkte sie auch, dass die anderen Mädchen sich angrinsten.

»Überraschung!«, kam da aus drei Mündern gleichzeitig.

»Jetzt kannst du wirklich nicht mehr kneifen, jetzt ist es amtlich!«, sagte Maria-Victoria lächelnd. »Du musst heute mittanzen!«

Amelie hatte sich noch immer nicht erholt und schaute

vom Plakat zu ihren Freundinnen und umgekehrt. Also deshalb hatten sie ihr nichts davon erzählt! Es sollte eine Überraschung für sie werden!

Lara griff nach ihrer Hand. »Coco hat uns erzählt, dass du befürchtest, ohnmächtig zu werden. Keine Panik, alles wird super klappen. Das verspreche ich dir!«

»Und wenn nicht, dann bleibst du einfach auf der Bühne liegen und wir tanzen um dich herum«, scherzte Coco. »Dann glauben die Leute, dass es zu unserer supermodernen Choreografie gehört!«

Jetzt musste auch Amelie endlich lachen. »Das beruhigt mich aber«, sagte sie. »Unter diesen Bedingungen mache ich natürlich mit, aber ich kann für nichts garantieren!«

Ein Junge aus der Oberstufe, der sich als Vincent vorstellte und für die Technik zuständig war, kam zu ihnen und wollte die CD mit den Auftrittssongs haben.

»Wir haben sie doch schon heute Mittag abgegeben«, wunderte sich Lara. »Bei uns ist es nur der Song von Katy Perry, den müsst ihr längst haben.«

Er schüttelte den Kopf. »Vorhin waren irgendwelche Mädchen da und haben gesagt, sie müssten die CD mitnehmen, um etwas zu überprüfen. Ich dachte, ihr gehört zusammen.«

Die Sunny Sisters sahen sich fassungslos an. »Das gibt es doch gar nicht! Das müssen die stinkenden Schlangenfüße gewesen sein!«, rief Coco. »Wollen sie etwa unsere Musik verschwinden lassen? Jetzt reicht es aber!«

Lara verdrehte die Augen. »Sie sind einfach unverschämt. Aber zum Glück habe ich noch einige Kopien dabei.« Sie reichte dem Jungen eine neue CD. »Die gibst du diesmal aber an niemanden weiter. Egal, was passiert – dieser Song wird als zweite Nummer gespielt.«

Amelie entdeckte ihre Klassenlehrerin, die ihnen aufgeregt zuwinkte. »Frau Rilke ruft uns. Ich finde, wir sollten ihr erzählen, was die gemeinen Schlangen hier abziehen.«

Fest entschlossen ging sie auf die Lehrerin zu und die anderen Sunnys folgten ihr. »Frau Rilke, wir müssen mit Ihnen sprechen«, begann sie.

Weiter kam sie jedoch nicht, denn wie aus dem Nichts tauchten die High Heels vor ihnen auf. Sie trugen knallorangefarbene Minikleider mit Spaghettiträgern und darunter kurze Leggins in derselben schreienden Farbe. Alle drei hatten außerdem Sandalen mit Kork-Plateausohlen an und ihre Haare waren mit ganz viel Gel streng nach hinten gekämmt, sodass sie wie nass aussahen. Was aber am meisten auffiel, war die Schminke im Gesicht der High Heels. Ihre Augen waren schwarz umrandet, sie trugen orangefarbenen Lidschatten und einen Lippenstift in derselben knalligen Farbe.

»Was für ein Anblick! Ich brauche eine Sonnenbrille, es blendet mich zu sehr«, murmelte Lara.

»Sie können kaum darauf laufen – das werden doch wohl nicht ihre Tanzschuhe sein, oder?«, flüsterte Maria-Victoria.

»Hallo, Frau Rilke! Hi, Girls!«

Die High Heels taten übertrieben freundlich, und Amelie fragte sich, ob sie wieder etwas im Schilde führten. Annabell kramte in ihrer Handtasche und hielt plötzlich eine CD hoch. »Gehört die vielleicht euch?«, fragte sie und es klang ziemlich scheinheilig.

»Das weißt du ganz genau«, knurrte Coco. »Ihr habt sie einfach weggenommen.«

»Das ist nicht wahr!«, rief Tessa und machte ein ganz unschuldiges Gesicht. »Wir hatten gedacht, dass es unsere Songs sind, und wollten etwas überprüfen. Erst zu Hause haben wir gemerkt, dass es nicht unsere CD war.«

Amelie wusste nicht, ob sie Tessa glauben sollte oder nicht. »Darauf steht doch ganz groß Sunny Sisters«, sagte sie. »Habt ihr das nicht gesehen?«

»Nein!«, beteuerte diese. »Warum sollten wir eure CD mitnehmen?«

Die Klassenlehrerin beobachtete die beiden Gruppen und schwieg. Amelie dachte, dass es nun schwierig werden würde, die anderen Mädchen zu beschuldigen, da sie die CD zurückgebracht hatten. Ihre Freundinnen schienen das Gleiche zu denken, denn keine sagte noch etwas.

»Gibt es noch etwas abzuklären?«, fragte Frau Rilke. »Ihr seid jetzt dran, oder?«

»Ja! Wir müssen gleich auf die Bühne!«, rief Tessa mit dem Blick auf die Uhr. »Deshalb wünschen wir euch ein ganz dickes Toi, toi, toi! Möge sich niemand von euch ein Bein brechen, von der Bühne fallen oder sich anders blamieren! Kommt, Girls! Wir müssen noch unser Glücksbringer-Ritual machen!«

Tessa, Annabell und Vivien kicherten und entfernten sich. Amelie dachte, dass dies der perfekte Augenblick war, um die Klassenlehrerin auf ihre Seite zu ziehen. »Frau Rilke, wir haben eine Frage: Hätten Sie etwas dagegen, wenn drei von uns doch den ersten Song gemeinsam mit den anderen Mädchen tanzen würden?«, fragte sie. »Es war nämlich eigentlich ein Lied der Sunnys … Ich meine, sie haben dazu vor einigen Monaten in der Tanzschule getanzt … Die Schritte sind bestimmt anders als die der anderen Gruppe …«

Die Klassenlehrerin lächelte. »Eine wunderbare Idee! Die bunte Vielfalt, das ist es doch, was wichtig ist! Das war ja schon vor Wochen mein Vorschlag, dass ihr etwas gemeinsam macht. Ich fände es schön, euch da oben zusammen zu sehen. Und im Anschluss hat doch jede Gruppe sowieso noch einen eigenen Song, oder?«

Die Sunny Sisters nickten. Mehr mussten sie nicht hören. Das war die offizielle Genehmigung, jetzt konnten die High Heels nichts mehr dagegen tun. Sie ließen sich von der Klassenlehrerin Glück wünschen und liefen in Richtung Bühne, wo sich die von-Klee-Zwillinge gerade für die Anmoderation fertig machten. Von Tessa und Co. war noch nichts zu sehen.

Lara griff in ihre Tasche und holte eine kleine Karteikarte heraus. »Die habe ich vorhin noch schnell geschrieben«, flüsterte sie. »Das ist eine neue Ansage für den Lady-Gaga-Auftritt. Ich werde unseren beiden Grafen sagen, dass sich in Absprache mit Frau Rilke etwas geändert hat.«

Amelie sah, wie Lara daraufhin leise auf die Brüder einredete und ihnen die kleine Karte in die Hand drückte. »Sie denkt wie immer an alles«, meinte Maria-Victoria anerkennend. Viel Zeit blieb jetzt nicht, denn der Junge von der Technik hielt den Daumen hoch und die Zwillinge gingen auf die Bühne. Plötzlich standen auch die High Heels kichernd neben ihnen, und wie sie bemerkte, hatten sie noch immer die Plateausandalen an.

»Wünscht uns Glück! Ach nein, eigentlich braucht ihr das nicht, denn wir sind das Highlight des Tages!«, rief Tessa. »Der Opener ist immer der erste Höhepunkt!«

Von Papa wusste Amelie, dass als »Opener« der Beginn einer Show bezeichnet wurde, der ein echter Kracher sein musste, damit die Leute sofort in Stimmung kamen. Bei John Jeffersons Konzerten war es immer einer der größten Hits, bei dem alle mitsingen und mitwippen konnten.

Er würde übrigens heute nicht kommen, denn er drehte einen Musikclip auf Ibiza. Amelie war das eigentlich ganz recht. Die Gefahr, auf dem Schulfest von jemandem erkannt zu werden, war viel größer als bei der Einschulungsfeier, wo nur eine begrenzte Anzahl an Leuten da war und alle viel zu abgelenkt waren. Mama hatte sie hierhergefahren und war gleich dageblieben. Die Großeltern wollten auch noch nachkommen und sich den Tanzauftritt auf jeden Fall ansehen.

»Eduard und Konrad legen los, macht euch bereit«, flüsterte Amelie ihren Freundinnen zu und behielt die High Heels im Blick. »Marvi, ich hoffe, dein Bruder ist irgendwo da vorn und filmt uns.«

»... den Anfang machen gleich sechs Mädchen aus der 5a, die für Sie und euch eine bunte Choreografie einstudiert haben«, hörte Amelie die Stimme von Eduard. Oder war es Konrad?

»Warum sechs? Wir sind doch nur drei! Das ist gar nicht der Moderationstext, den ich ihm gegeben habe! Das ist ein Irrtum!«, rief Tessa dazwischen, aber die Stimme des Moderators in den Lautsprechern übertönte ihre Einwände. Amelie und ihre Freundinnen verkniffen sich ein Lachen.

»Sie sehen gleich zwei Interpretationen eines Songs von Lady Gaga, parallel auf der Bühne getanzt. Damit möchte die Klasse 5a ihre Vielfalt zeigen. Zwei Mädchengruppen haben ganz allein eine Choreografie einstudiert. Es ist auch für sie die absolute Premiere, jetzt zusammen zu tanzen. Applaus für die Sunny Sisters und die High Heels mit ihrer ›Choreo for two‹!«

»Was soll das?«, rief Vivien. »Was meint er denn? Wir wollten es allein tanzen!«

»Aber es ist unser Song und den lassen wir uns nicht einfach wegnehmen«, gab Coco zurück. »Ihr könnt entweder mit auf die Bühne, oder ihr bleibt hier stehen. Wir tanzen auf jeden Fall!«

»Wo ist Frau Rilke?« Annabells Stimme war ganz schrill. »Holt sofort Frau Rilke!«

Maria-Victoria lächelte, während sie schon auf der ersten Bühnenstufe stand. »Frau Rilke findet es toll, dass wir gemeinsam tanzen. Sie hatte das von Anfang an vorgeschlagen. Klassengemeinschaft nannte sie es, aber du kannst dich ruhig beschweren gehen, Annabell.«

»Ihr habt uns reingelegt!«, zischte Tessa giftig.

»Nein, ihr wolltet *uns* reinlegen! Aber das lassen wir nicht mit uns machen!«, giftete Lara zurück, während sie ein Lächeln aufsetzte und hinter Coco auf die Bühne ging. »Let's go, Sunny Sisters!«

Amelie beobachtete mit angehaltenem Atem, wie auch Tessa ihre beiden Freundinnen antrieb. »Hoch mit euch!«, kommandierte sie.

»Aber sie tanzen die Super-Choreo vom Jubiläumsfest«, jammerte Annabell. »Ich will da nicht mitmachen! Unsere ist nicht so gut!«

»Wenn du nicht sofort auf die Bühne gehst, dann bist du nicht mehr meine Freundin, kapiert?«, drohte Tessa.

Vivien erklomm die erste Stufe. »Ich mache mit, wir sind besser als die.« Es klang ziemlich trotzig.

»Lächeln nicht vergessen!«, fauchte Tessa, während sie strahlend auf die Bühne marschierte.

Das muss man ihr lassen, dachte Amelie, sie kann sich auf Kommando super verstellen. Die beiden anderen High Heels folgten der Königin und ihr Lächeln sah eher gequält aus. Dann startete der Song von Lady Gaga. Nach den ersten zwanzig Sekunden war klar, dass die hochhackigen Giftschlangen, wie auch Amelie sie mittlerweile in Gedanken nannte, keine Chance hatten. Die

Sunny Sisters boten eine perfekte Choreografie, bei der jeder Schritt saß, jede Drehung gleichmäßig lief und die Körperspannung keine Sekunde nachließ.

Dagegen sahen die einstudierten Schritte von Tessa, Vivien und Annabell eher nach Anfängergruppe aus, obwohl die Choreo nicht schlecht war, wie Amelie zugeben musste. Zu oft waren sie aber nicht synchron und einmal stolperte Annabell leicht über ihre Füße und kam für einen Moment aus dem Takt.

Amelie sah von ihrem Platz aus, wie auch das Publikum die Unterschiede registrierte, denn die Leute tuschelten und zeigten mit dem Finger auf die Bühne. Fast taten ihr die High Heels ein wenig leid.

Dann war alles vorbei und ein großer Applaus brandete auf. Jeder wusste aber, dass dieser eher Lara, Coco und Maria-Victoria galt als den anderen drei Mädchen. Während einer der Zwillingsbrüder nun die zweite Ansage für den Katy-Perry-Song machte, verließen die High Heels wütend die Bühne.

»Dafür werden die Freaks bezahlen«, drohte Vivien. »Wenn die nicht gewesen wären, hätte unsere Choreo viel besser ausgesehen.«

»So schlecht fand ich uns gar nicht«, meinte dagegen Annabell.

»Halt bloß deinen Mund, du warst die Schlechteste!«, antwortete Tessa eisig. »Kannst du eigentlich nur in Turnschuhen vernünftig tanzen, du Trampel? Wir sind die High Heels, der Name verpflichtet schließlich!«

Mehr hörte Amelie nicht, denn plötzlich zitterten ihre

Knie. Bis zu diesem Moment hatte sie verdrängt, dass sie nun ebenfalls mittanzen sollte! Der Moderator sagte, dass ein weiteres Mädchen die Sunny Sisters ergänzen würde, und das war Amelies Stichwort. Wie auf Watte ging sie die drei Stufen hinauf und in ihrem Kopf war nur Nebel.

Oh mein Gott!

So viele Leute stehen dort!

Die starren mich alle an!

Ich weiß die Choreo nicht mehr!

Panik ergriff sie. Alle Schritte, alle Bewegungen waren auf einmal aus ihrem Gedächtnis verschwunden!

Wie war noch einmal die Startposition?

Ich muss hier weg!

Amelie war drauf und dran, die Bühne wieder zu verlassen. Ihr Mund war ganz trocken und sie sah kopfschüttelnd Lara an. Ich gehe wieder, dachte sie. Dann hörte sie die ersten Klänge des Katy-Perry-Songs. Automatisch streckte sie ihren rechten Arm nach vorn und dann blitzschnell zur Seite, während ihr Körper eine halbe Drehung nach links machte.

Ich kann es doch!

Amelie tanzte die ersten Schritte und dann passierte etwas ganz Merkwürdiges: Ihre Anspannung löste sich plötzlich und durch ihren Körper schoss ein unglaubliches Glücksgefühl hindurch. Sie fühlte jede Bewegung, spürte den Rhythmus, hörte die Musik und passte sich ihr total an. Die Choreografie war einfach in ihr drin und Amelie tat nichts anderes, als die Freude am Tanzen zu genießen. Auf einmal machte es ihr sogar nichts aus, ins Publikum zu schauen und ihre Familie kurz anzulächeln, die in der zweiten Reihe saß und vor Stolz zu platzen schien.

Viel zu schnell war der Song vorbei – Amelie hätte noch Stunden so weitertanzen können. Die vier Sunny Sisters verbeugten sich und genossen den lautstarken Applaus.

»Amelie, du lebst ja noch und bist nicht mal ohnmächtig geworden, wie langweilig«, raunte ihr Coco zu und grinste, während sie von der Bühne gingen.

»Kneif mich mal, dann weiß ich, dass ich das nicht träume«, gab diese zurück.

Lara lächelte und drückte ihren Arm, während Maria-Victoria wohlwollend nickte. »Gut gemacht, Amelie. Ich war mir sicher, dass du es schaffen würdest!«

»Bildet euch nichts darauf ein«, wurden sie von Tessa und ihren Hofdamen empfangen. »Die Sache mit dem ersten Song war so was von gemein! Das werdet ihr uns büßen! Es war abgesprochen, dass wir ihn allein tanzen! Es war total unfair, weil ihr die Choreografie schon seit Monaten draufhattet.«

»Es war unser Lied und unser Tanz! Ihr hättet euch etwas anderes aussuchen können«, meinte Maria-Victoria.

Lara stemmte die Hände in die Hüften. »Ihr wolltet unseren Song stehlen, aber das ist euch nicht gelungen. Jeder hat gesehen, wohin das geführt hat. Selbst schuld, dass es nicht so gut für euch lief, aber eure kurzfristige Choreo konnte nicht gut ausfallen.«

Tessa winkte ab. »Ach was! Wenn die blöde Kuh nicht gestolpert wäre, hätte alles viel besser ausgesehen«, sagte sie und zeigte mit dem Finger auf Annabell.

Coco baute sich vor Tessa auf. »Schluss mit dem Theater, Tessa. Wir wissen, dass ihr uns austricksen wolltet. Wie wir gehört haben, plant ihr auch etwas für den Auftritt bei der Modemesse. Ich rate euch, lasst es sein! Wenn ihr uns wieder reinlegen wollt, gehen wir zu Xenia, und dann werdet ihr aus der Gruppe ausgeschlossen! Sie steht nämlich nicht auf hinterhältige Pläne oder Mobbing!«

Vivien wurde ein wenig blass um die Nase und Annabell sah Tessa unsicher an. Doch diese ließ sich nicht anmerken, ob Cocos Worte sie irgendwie beeindruckt hatten. »Ich weiß nicht, wovon du sprichst«, meinte sie nur und hielt die Nase hoch. »Geht zur Seite, wir haben noch einen Auftritt! Jetzt kommen die richtigen Profis! Bell und Viv, wagt es bloß nicht, diesmal irgendetwas falsch zu machen!«

»Nein, Tess! Das Beste kommt doch zum Schluss!«, flötete Annabell und mit diesen Worten stiegen die drei auf die Bühne, wo einer der Zwillingsbrüder gerade die letzte Anmoderation machte.

Die Freundinnen sahen sich an. »Ist das zu glauben? Sie sind und bleiben die gemeinsten Stinkfuß-Schlangen, die es gibt!«, rief Lara und Coco fügte hinzu: »Hoffentlich geht ihre Choreo so richtig in die Hose!«

Amelie, die aufgrund ihres Auftritts noch immer ein Lächeln auf den Lippen hatte und in Gedanken noch auf der Bühne war, hatte sich bisher zurückgehalten. Jetzt wurde sie wieder in die Realität zurückgeholt, weil ihr das Intro des letzten Songs bekannt vorkam.

»Zu welchem Lied tanzen die hochhackigen Hexen eigentlich?«, fragte gerade auch Lara. »Ich habe die Ansage nicht richtig mitbekommen.«

»Zu ›I Like The Sun‹ von John Jefferson«, antwortete Maria-Victoria. »Gut, dass wir den Song nicht genommen haben. *Ein* gemeinsamer Auftritt heute reicht völlig.«

Amelie zuckte zusammen, als hätte sie sich verbrannt. Natürlich, es war Papas aktueller Hit, jetzt hörte sie es auch. So eine Unverschämtheit!

Sie fühlte sich, als hätte ihr jemand etwas weggenommen. Der Song sollte nicht von solchen gemeinen Biestern für eine Selbstdarstellung benutzt werden, dachte Amelie grimmig, aber natürlich war ihr klar, dass sie es niemandem verbieten konnte. Es fühlte sich trotzdem komisch und doof an.

»Ich mag den Song und die Stimme von John Jefferson«, sagte Lara. »Du auch, Amelie? Er macht echt gute, tanzbare Musik.«

Amelie nickte stumm. Jetzt war Vorsicht geboten und sie wollte nichts Falsches sagen oder sich verraten.

»Er soll hier irgendwo in der Region leben, habe ich gelesen«, meinte Maria-Victoria.

Lara riss die Augen auf. »Echt? Das ist ja cool!«

»Lasst uns mal gucken, was sie dazu tanzen und ob sie sich vielleicht blamieren«, sagte zum Glück gerade Coco und steckte den Kopf hinter dem Bühnenpfeiler hervor.

Die anderen Sunnys taten es ihr gleich und Amelie atmete auf. Sie wollte die Freundinnen nicht anlügen, aber noch war nicht der richtige Zeitpunkt, ihnen das Geheimnis um Papa zu verraten.

»Die Choreografie ist ganz gut, besser zumindest als die erste«, sagte Lara, nachdem sie eine Minute schweigend zugeschaut hatten. »Aber Bell tut sich schon wieder schwer. Ich glaube, sie kann auf diesen Absätzen nicht tanzen.«

»Sie hätten sich besser ›Platte Füße‹ nennen sollen«, grinste Coco. »Dann bräuchten sie keine hohen Schuhe zu tragen.«

Amelie folgte ihrem Blick und musste den Freundinnen recht geben. Annabell wankte ein paarmal, geriet aus dem Takt und erntete einen bitterbösen Blick von Tessa, was sie anscheinend noch mehr verunsicherte, sodass sie gleich wieder einen Fehler machte.

Maria-Victoria schüttelte den Kopf. »Wenn mich jemals auf der Bühne eine von euch so giftig anschauen würde, dann wären wir nicht mehr miteinander befreundet. Jedem kann doch mal ein Fehler passieren!«

»So böse gucken nur Hexen, das weißt du doch«, grinste Lara. »Wir dagegen sind die allerliebsten, kuscheligsten Schnuckiputzis!«

Cocos Problem

Der Song war zu Ende und die High Heels bekamen jede Menge Applaus, der jedoch nicht so stark war wie bei den Sunny Sisters. Sie kamen von der Bühne herunter und schienen miteinander zu zanken. »Du warst in der Drehung viel zu früh!«

»Nein! Du warst zu langsam!«

»Das haben wir anders geprobt!«

»Diese Schuhe sind doof!«

»Quatsch! Du bist doof!«

Laras Wut wegen des fiesen Plans der Stinkschuhe war auf einmal verflogen. Sie hatten sie überlistet und mit ihren eigenen Waffen geschlagen, wie Papa jetzt sagen würde. Trotzdem würden sie auch weiterhin auf der Hut sein müssen und das Trio im Auge behalten, vor allem, was die Auswahl für den Auftritt auf der Modemesse anging.

Die High Heels verstummten erst, als sich die Klassenlehrerin zu ihnen allen gesellte. »Ich fand euch alle sieben ganz toll«, sagte sie und sah richtig stolz aus. »Auch dass ihr gemeinsam aufgetreten seid, war ein schöner Beweis dafür, dass sich die 5a gut versteht.«

Die Sunny Sisters sahen sich bedeutungsvoll an. Arme Frau Rilke, dachte Lara, sie scheint die Situation noch nicht zu durchschauen.

»Danke!«, antwortete Tessa lautstark. »Eigentlich wollten wir anfangs allein tanzen, aber dann haben wir gedacht, dass es für die Klassengemeinschaft gut wäre, zusammen auf der Bühne zu stehen.«

Lara blieb die Sprache weg. Das war doch wohl das Allerletzte! Dieses Mädchen drehte sich alles so zurecht, wie es ihm gerade passte. Auch Coco, Maria-Victoria und Amelie schüttelten nur den Kopf.

Doch bevor jemand etwas sagen konnte, fuhr Frau Rilke fort: »Ich bin sehr stolz auf euch! Wir sind als Klasse sehr positiv aufgefallen. Sogar der Rektor hat mich darauf angesprochen. Auch unsere Fruchtcocktails kommen bei den Besuchern sehr gut an. Lasst uns gemeinsam zum Stand gehen, ich gebe euch auch einen aus – das habt ihr euch verdient!«

Sie lief voran und die Mädchen folgten ihr. »Was sollen wir jetzt tun?«, flüsterte Lara. »Wollen wir Frau Rilke erzählen, wie die hochhackigen Schlangen uns eigentlich ausspielen wollten?«

»Unbedingt!«, meinte Coco. »Diese ausgelatschten Treter dürfen nicht einfach so davonkommen!«

Amelie mischte sich halblaut ein. »Also ich finde, wir sollten es nicht tun. Sie freut sich so, dass wir uns als Klasse gut präsentiert haben. Wenn wir ihr davon erzählen, dann gibt es direkt wieder miese Stimmung.«

»Amelie hat recht«, stimmte ihr Maria-Victoria zu.

»Wir werden schon allein mit den Möchtegern-Klassenqueens fertig. Ich hoffe nur, dass auch andere Leute die drei endlich durchschauen werden.«

Coco stieß Lara grinsend an. »Sie meint wohl die adeligen Leute unter uns.«

Zum Glück hatte Maria-Victoria das nicht mehr mitbekommen, denn sie kamen gerade am Cocktailstand an. Aber Lara vermutete auch, dass sie einen der Zwillingsbrüder meinte oder sogar beide. Bisher hatte die Freundin zwar nichts gesagt, aber Lara glaubte, dass Maria-Victoria einen von ihnen nett fand.

»Ihr wart richtig toll«, meinte Melissa und die anderen Klassenkameradinnen nickten begeistert.

»Danke! Wir sind ja auch Tanzprofis!« Tessa fühlte sich offensichtlich wieder angesprochen, obwohl Melissa es eher zu den Sunny Sisters gesagt hatte.

»Ich könnte sie auf der Stelle erwürgen!«, zischte Coco, während sie an ihrem »White New York«-Fruchtcocktail nippte, der aus Kokosmilch, Bananen- und Orangensaft bestand.

Fast die ganze Klasse hatte sich am Stand versammelt und Frau Rilke stand sichtlich zufrieden daneben. Tessa, Vivien und Annabell waren offenbar wieder miteinander versöhnt und erzählten jedem, wie schwer ihre Choreo gewesen war.

»Besonders die Schritte zu JJ waren extrem kompliziert!« Vivien sprach die Buchstaben englisch aus und sagte »Jay Jay«.

»Wer ist JJ?«, fragte Daniel.

Tessa bedachte ihn mit einem strahlenden Lächeln. »Der Sänger John Jefferson natürlich. So nennt er sich gern, wenn er privat unterwegs ist, aber das wissen nur die wenigsten.«

Lara merkte, wie sich Amelie neben ihr versteifte. »Affig, oder? Ich habe noch nie gehört, dass John Jefferson sich JJ nennen würde, aber wenn Tessa es meint ...«

»Er nennt sich nicht JJ!«, sagte Amelie bestimmt. »Also ... ich habe es noch nie gehört oder gelesen.«

Maria-Victoria zeigte auf die Zwillingsbrüder, die auf sie zukamen. »Wir sollten uns bei Eduard-Carl und Konrad-Paul für die Moderation bedanken.«

Doch bevor sie auch nur ein Wort sagen konnte, stürmte Tessa auf die beiden zu. »Wer hat euch Idioten gesagt, dass ihr einen anderen Text zu Lady Gaga nehmen solltet?«, rief sie. »Es war etwas völlig anderes abgesprochen!«

»Wieso? Eduard-Carl hat die Karteikarte kurz vor dem Auftritt bekommen«, sagte Konrad. »Tut uns leid, wenn ihr nichts davon wusstet. Aber es hat doch alles geklappt. Ihr wart gut!«

»Wir waren nicht gut – wir waren *supertoll*!«, korrigierte ihn Tessa und klang schon versöhnlicher. Lara stieß Maria-Victoria in die Seite und schüttelte den Kopf.

»Machst du öfter solche Auftritte?«, fragte Eduard.

Tessa strich sich mit der Hand über das immer noch streng nach hinten gekämmte Haar. »Klar! Demnächst trete ich auf einer Modemesse auf.«

»Als Model?«

»Diesmal nicht. Eine kleine Auswahl der besten Tänzerinnen aus unserer Tanzschule wird vor einer großen Modenschau auf dem Laufsteg tanzen«, sagte sie hoheitsvoll und klimperte mit den Wimpern. »Dagegen ist so ein kleines Schulfest gar nichts.«

Jetzt reichte es Maria-Victoria offenbar, denn sie stellte sich dazu. »Fast alle Gruppen bei Dance Star trainieren seit Wochen ganz hart dafür und in einigen Tagen werden zehn Mädchen ausgewählt. Niemand kann jetzt schon wissen, ob er dabei sein wird«, sagte sie und erntete einen bösen Blick von Tessa. »Übrigens: Wir wollten uns nur kurz bei euch für die Moderation bedanken. Das habt ihr sehr gut gemacht.«

Eduard und Konrad freuten sich sichtlich. »Jederzeit wieder, bei Sonne und Schnee, helfen euch gern – die Moderatoren von Klee«, reimte Eduard-Carl und Maria-Victoria lachte.

»Pah, ihr seid so kindisch!« Tessa lachte spöttisch und drehte sich um. »Viv! Bell! Wir drehen jetzt eine Runde auf dem Schulhof! Los, kommt!«

»Die Königin hat gerufen«, sagte Maria-Victoria und Eduard-Carl runzelte die Stirn. »Ja, sie ist manchmal ziemlich …«

»Eingebildet? Gemein? Hochnäsig? Fies? Bescheuert?«

»Ich wollte sagen … bestimmend«, sagte der Junge. »Du bist gerade aber ganz schön gemein, Maria-Victoria.«

Lara sah, wie Maria-Victoria erst schluckte und es

dann in ihren Augen wütend aufblitzte.

»Ich?«, fragte sie. »Ich bin gemein? Seit Tagen schon glaube ich, dass du eine Brille brauchst, Eduard-Carl. Oder direkt eine Riesenlupe. Eventuell auch ein Hörgerät. Und dann schaust du vielleicht noch mal genauer hin. Ach, und übrigens: Ich bin keine Gräfin, deshalb kannst du mich ruhig Marvi nennen. Ich verzichte gern auf meinen vollständigen Namen.« Damit drehte sie sich um und ließ die verdutzten Zwillinge stehen.

Lara entdeckte ihre Eltern und Marc, der eine Tüte Popcorn in der Hand hielt. Schnell lief sie zu ihnen. »Habt ihr uns tanzen sehen? Es war gut, oder?«

»Es war ganz toll! Wir sind stolz auf dich«, sagte Mama und strich Lara übers Haar. »Ihr alle vier wart es. Und die anderen Mädchen, die am Anfang mit euch getanzt haben, die waren … auch nicht schlecht. Waren das die ›Heinis‹?«

»High Heels«, kicherte Lara, »obwohl sich ›Heinis‹ auch ganz gut anhört.«

Die Mutter senkte die Stimme. »Und? Wo ist der Bankdirektor?«

»Bankdirektor? Welcher Bankdirektor?«

»Der Vater von Amelie Jesper«, flüsterte Mama. »Wir

halten die ganze Zeit nach ihm Ausschau, aber konnten ihn bisher noch nicht entdecken.«

Papa brummte: »Nicht *wir* halten Ausschau, sondern du. Ich habe nur unserer Tochter beim Tanzen zugeschaut.«

Lara lachte. »Mama, du bist ganz schön neugierig! Amelie ist heute mit ihrer Mutter und den Großeltern gekommen, ihr Papa konnte wohl nicht. Außerdem weißt du doch gar nicht, ob du ihn aus der Bank kennst.«

Die Mutter hob bedauernd die Hand. »Das wollte ich eben herausfinden. Schade. Dann vielleicht beim nächsten Mal. Meinst du, dass er zum Elternabend kommt?«

»Woher soll ich das wissen?«, meinte Lara. »Frag doch mal seine Frau.«

Mama gab ihr einen Kuss auf die Wange. »Lärchen, das wäre viel zu aufdringlich. Aber ich werde es schon noch herausfinden.«

Am nächsten Morgen wurde Lara vom Klingeln des Telefons wach. Eigentlich wollte sie ausschlafen und hoffte, dass jemand aus der Familie abnehmen würde, aber das Klingeln hörte nicht auf. Dann fiel ihr ein, dass die Eltern mit Marc schwimmen gegangen waren, und sie schleppte sich schlaftrunken aus dem Bett.

»Hallo?«, gähnte sie.

»Du musst unbedingt herkommen! Sofort!« Es war Coco und sie klang nicht so fröhlich wie sonst.

»Was ist los?«

»Ich brauche deine Hilfe! Eure Hilfe! Alarmstufe zehn!

Marvi ist unterwegs. Jetzt musst du auch noch kommen. Gleich!«

Lara streckte sich und sah auf die Uhr. »Was ist passiert?«

»Nicht am Telefon! Komm sofort vorbei!«

»Coco, es ist erst kurz nach neun, ich bin gerade wach geworden. Meine Eltern sind nicht da und so schnell kann ich nicht.«

»Dann kommen wir zu dir. In zehn Minuten sind wir da, okay?«

Lara wollte eigentlich sagen, dass sie lieber in einer halben Stunde kommen sollten, aber Coco hatte bereits aufgelegt. Also wusch sie sich das Gesicht, putzte sich die Zähne, zog sich an und aß schnell ein halbes Brötchen. Was mochte bloß so wichtig sein?

Eine Viertelstunde später klingelte es an der Tür. Lara öffnete und Coco und Maria-Victoria kamen herein. Auf ihren fragenden Blick hin meinte Maria-Victoria, dass sie keine Ahnung habe, was Coco auf dem Herzen hatte. Die Freundin wollte warten, bis sie alle zusammensaßen.

»Wo ist denn Amelie?«, fragte Lara.

Coco zuckte mit den Schultern. »Keine Ahnung. Warum?«

»Hast du sie nicht erreicht?«

»Ich habe sie nicht angerufen.«

»Warum nicht?«

Jetzt sah ihre Freundin ziemlich wütend aus. »Wieso

sollte ich? Ich wollte mit meinen besten Freundinnen allein sprechen. Muss denn Amelie jetzt immer dabei sein? Wir kennen sie gerade mal ein paar Wochen.«

»Monate«, korrigierte Lara. »Und ich mag sie. Was ist los? Gestern fandest du sie doch auch noch nett.«

»Ja, und? Klar, sie ist nett. Aber nur, weil wir jetzt immer bei ihr geprobt haben, heißt es noch lange nicht, dass sie ständig dabei sein muss! Der Schulauftritt ist schließlich vorbei. Und sie ist keine Sunny Sister!«

»Aber wir haben sie gestern auf das Plakat gesetzt«, wandte auch Maria-Victoria ein.

»Na und? Das war doch nur für den gestrigen Auftritt. Das hat sie bestimmt genauso verstanden. Ich habe ein großes Problem und will das mit euch allein besprechen. Als beste Freundinnen! Ihr müsst mir sagen, was ich tun soll.«

Lara biss sich auf die Lippen, sagte aber vorerst nichts mehr. Eigentlich hatte sie angenommen, dass Amelie mittlerweile vollständig zur Clique gehören würde, aber offensichtlich sah Coco das nicht so. Jetzt fühlte sie sich irgendwie mies. Es stimmte zwar, dass sie Amelie noch nicht so lange kannten, aber Lara mochte sie sehr gern und hatte angenommen, dass es den anderen genauso ging.

Coco setzte sich auf Laras Bett und seufzte. »Ich bin stinksauer und brauche eure Hilfe! Ich weiß nicht, was ich machen soll.«

Maria-Victoria sah Lara an. »So redet sie schon seit einer halben Stunde. Coco, was ist denn bloß los?«

»Es geht um die Modemesse«, antwortete diese. »Meine doofen Eltern wollen mir nicht erlauben mitzukommen! Sie meinen, ich soll Xenia direkt absagen, damit sie mich gar nicht erst in die engere Auswahl nimmt. Ich darf zwar mit euch weiter trainieren, aber soll mich von dem Auftrittsgedanken verabschieden.«

»Aber warum denn? Was haben deine Eltern dagegen? Und warum sagen sie das erst jetzt, so kurz vor der Messe?« Lara verstand gar nichts. Sie trainierten seit dem Ferienworkshop dafür und auf einmal sollte Coco nicht auftreten dürfen?

»Ich … ich habe zu Hause bisher nicht erzählt, wofür wir bei Dance Star trainieren«, gestand Coco. »Bisher hatte sich auch alles mit dem Schulfest vermischt und ich habe von der Modemesse nichts gesagt. Ich wollte eigentlich abwarten, ob ich überhaupt ausgewählt werde, und mich dann in den Kampf stürzen.«

Maria-Victoria und Lara sahen sich verdutzt an. »In welchen Kampf denn? Was meinst du damit?«, wollte Maria-Victoria wissen.

»An dem Wochenende, wenn die Modemesse stattfindet, haben meine Eltern eine Reise zu einem Familientreffen im Schwarzwald geplant. Das steht schon sehr lange fest und normalerweise wäre das okay, aber mir ist der Auftritt wichtiger – falls ich dabei bin!«

Lara begann zu verstehen. »Also

wolltest du erst Xenias Entscheidung abwarten und dann eventuell die Reise absagen? Aber deine Eltern sehen das anders?«

Coco nickte. »Genau. Gestern beim Schulfest hat ihnen Marvis Mutter erzählt, dass es demnächst einen Auftritt bei der Modemesse geben soll und dass der Termin in zwei Wochen sei. Genau dann, wenn die Reise ansteht. Sie waren total sauer, weil ich nichts gesagt habe, und Mama hat mir dann erklärt, dass ich auf jeden Fall mit zu dem Familienwochenende fahren werde.«

»Schöner Mist«, meinte Lara. »Wenn es darum geht, dass du an dem Wochenende nicht allein bleibst – du hättest auch bei einer von uns übernachten können.«

»Das habe ich auch gesagt, aber darum geht es nicht! Meine Mutter ist der Meinung, dass die Verwandtschaft wichtiger sei als irgendein Tanzauftritt! Mein unfairer Vater meinte sogar, ich hätte nur noch Tanzen im Kopf! Voll ungerecht!«

Maria-Victoria runzelte die Stirn. »Du Arme. Es ist doch nicht irgendein Auftritt! Lara, hast du eine Idee, wie wir Coco helfen könnten? Du hast doch immer so gute Einfälle!«

Lara dachte einen Moment nach. »Am besten wäre es, wenn wir mal mit ihnen reden würden. Was meinst du, Coco?«

»Keine Ahnung, ob das noch etwas bringen würde«, seufzte Coco. »Ich habe gestern gebettelt, geheult, gedroht. Es hat nichts genutzt! Jetzt bin ich total verzweifelt! Bisher war meine Sorge nur, ob ich von Xenia ausgewählt werde, und jetzt scheint es völlig egal zu sein …«

Ihre Stimme brach ab und Lara fragte sich, wie sie ihrer Freundin helfen konnten. »Hör mal, Coco«, meinte sie, »wir lassen uns etwas einfallen, ja? Du trainierst auf jeden Fall weiter mit und sagst Xenia erst mal gar nichts.«

»Hast du denn irgendeine Idee?«

»Noch nicht, aber uns fällt bestimmt etwas ein«, sagte Lara und klang zuversichtlicher, als sie sich in Wirklichkeit fühlte. »Wir müssen deine Eltern irgendwie davon überzeugen, dass du mitmachen darfst.«

Maria-Victoria nickte. »Du weißt, dass Lara so etwas gut kann. Sei nicht traurig!«

Coco seufzte. »Vielleicht werde ich auch gar nicht ausgewählt, dann muss ich mir keine Gedanken darüber machen … Ich flippe gleich aus! Meine Eltern sind so was von unfair und gemein!«

Maria-Victoria legte ihr tröstend einen Arm um die Schulter. »Arme Coco. Das nächste Sunny-Meeting ist sowieso am Montag bei euch, vielleicht fällt uns bis dahin schon etwas ein.«

Auch Lara tat die Freundin leid, und sie hoffte, dass sie Cocos Mutter überreden könnten. Jetzt aber entschloss sie sich, noch ein anderes Thema anzuschneiden. »Sagt mal, machen wir das Sunny-Meeting nun mit oder ohne Amelie?«

Die Mädchen antworteten gleichzeitig.

»Mit!«, sagte Maria-Victoria.

»Ohne!«, meinte Coco.

Lara sah von einer zur anderen. »Und nun?«

Maria-Victoria schaute Coco an. »Also ich mag Amelie und fände es gemein, wenn wir sie jetzt nach dem Schulfest auf einmal von allem ausschließen. Dann wären wir ja wie die hochhackigen Hexen!«

Coco winkte ab. »Na schön, meinetwegen kann sie am Montag dabei sein, obwohl wir uns eigentlich darauf geeinigt haben, dass das keine Dauereinrichtung werden soll. Außerdem weiß ich auch gar nicht, warum ihr jetzt mit Amelie anfangt. Wir haben momentan ganz andere Probleme!«

Die besten Freundinnen

Amelie machte sich Sorgen. Jetzt, da das Schulfest zu Ende war und die intensiven Proben aufgehört hatten, hatte sie Angst, dass sich die neuen Freundinnen wieder von ihr zurückziehen würden. Ihr war klar, dass sie sich noch nicht lange genug kannten, um dieselbe Vertrautheit zu entwickeln, wie sie zwischen Lara, Maria-Victoria und Coco herrschte. Außerdem trug ihre eigene, immer noch ein wenig schüchterne Art bestimmt nicht dazu bei, dass sich alle um ihre Freundschaft rissen. Amelie hatte zwar gehofft, dass sie sich alle vier an diesem Wochenende sehen würden, aber mittlerweile war es Sonntagmorgen, und niemand hatte sich bisher bei ihr gemeldet.

Zum wiederholten Mal schaute sie auf ihr Handy, das neben dem Orangensaftglas auf dem Frühstückstisch lag. Nichts. Kein Anruf, keine SMS, einfach gar nichts.

»Was ist los, Spätzchen?«, fragte Mama, die bemerkt hatte, dass Amelie sehr nachdenklich war. Auch Papa legte jetzt seine Zeitung zur Seite und sah sie fragend an.

»Gar nichts«, antwortete Amelie.

»Wartest du auf einen Anruf?«, fragte Johannes Jesper. »Von einem Jungen? Wer ist es? Jemand aus deiner Klasse?«

Amelie sah ihn entrüstet an. »Papa! Ich warte nicht auf einen Anruf von einem Jungen!«

»Bist du mit den Sunny Sisters verabredet?«, fragte Mama.

»Nein, ich habe seit dem Schulfest nichts von ihnen gehört.«

Die Mutter legte das Brötchenmesser auf ihren Teller. »Warum rufst du sie nicht an?«

Amelie starrte auf ihren Orangensaft. »Nein, lieber nicht.«

»Habt ihr euch gestritten?«, fragte Papa. »Auf dem Video vom Schulfest saht ihr total fröhlich aus und das war doch erst vorgestern.«

Opa hatte ihren Tanzauftritt und den Fruchtcocktailstand der Klasse 5a gefilmt und sie hatten sich das Video gestern Abend gemeinsam angesehen. Dabei hatte Papa Amelie wieder gesagt, dass sie sein musikalisches Talent geerbt hätte und er sie sicher irgendwann für eine seiner Bühnenshows buchen würde.

Gut, dass er mein Leben als Dauerserie im Fernsehen verfolgen kann, dann verpasst er nichts, dachte Amelie grimmig und wusste selbst, dass es ungerecht war. Aber Papa verstand mal wieder gar nichts! Nur seinetwegen hatte sie noch bei keiner der Sunnys angerufen!

Was, wenn sie zu ihr kommen wollten?

Wenn Johannes Jesper, oder vielmehr John Jefferson, zu Hause war, erschien es ihr zu riskant, die Freundinnen einzuladen. Zu groß war die Gefahr, dass sie ihm über den Weg laufen und Amelies größtes Geheimnis entdecken würden.

»Johannes? Kannst du bitte Mineralwasser aus dem Vorratskeller holen?«, bat Mama und zwinkerte ihrer Tochter zu.

Sobald Papa das Esszimmer verlassen hatte, kam Mama zur Sache. »Du hast Angst, dass deine Freundinnen Papa sehen und ihn erkennen könnten, stimmt's?«

Amelie nickte. »Am liebsten würde ich es ihnen sagen, denn ich fühle mich total blöd mit dieser Geheimniskrämerei. Letztens hat mich Lara gefragt, ob sie ein paar Familienfotos von mir sehen dürfe, und es war nicht leicht, sie von der Idee wieder abzulenken. Und sie sagte, dass ihre Mutter noch immer glaubt, Papa von irgendwoher zu kennen.«

Die Mutter kam um den Tisch herum und setzte sich direkt neben ihre Tochter. »Das verstehe ich und es tut mir leid«, sagte sie. »Aber ich weiß nicht, ob wir ihnen allen schon genug vertrauen können. Sie müssten uns versprechen, dass es außer ihren Familien sonst niemand erfährt. Dabei kenne ich die Eltern nur flüchtig!«

Amelie kräuselte die Nase. »Ich weiß, aber diese Heimlichkeiten sind so blöd!«

Mama gab ihr einen Kuss. »Spätzchen, wir haben hier ein schönes, ruhiges Leben begonnen. Du hast Freundinnen gefunden, fühlst dich wohl in der Schule und niemand spricht dich auf deinen Vater an. Bist du dir sicher, dass die Mädchen und ihre Eltern unser Geheimnis bewahren können?«

Amelie schüttelte den Kopf. »Wie kann ich mir da sicher sein? Ich kenne sie doch erst seit Kurzem!«

Die Mutter nickte. »Ganz genau. Gib uns allen noch ein wenig Zeit. Lern die drei Mädchen noch besser kennen. Ich bin sicher, dass ich auch die anderen Eltern noch öfter zu Gesicht bekommen werde und mir ein Bild machen kann. Wir haben uns bei eurem Auftritt kurz unterhalten und sie haben alle einen sehr netten Eindruck gemacht. Aber es ist noch zu früh, um sie einzuweihen. Verstehst du das?«

Amelie dachte an die Kids, die sie in ihrer alten Schule wegen ihres Vaters angequatscht oder ausgelacht hatten, und verzog das Gesicht. So etwas wollte sie nicht noch einmal erleben! »Okay, Mama. Ich werde vorerst nichts sagen, aber dann will ich auch niemanden einladen, wenn Papa hier ist.«

Am Montagmorgen kam Herr Fels, um John Jefferson zu einem Termin zu fahren. »Sollen wir dich an der Schule absetzen, Spätzchen?«, fragte Johannes Jesper.

Amelie zögerte einen Moment.

»Keine Bange, ich sitze hinten und die Scheiben der Limousine sind getönt. Niemand wird mich sehen«, meinte Papa. »Na los, komm schon! Vielleicht sehen wir den Jungen, auf dessen Anruf du gestern gewartet hast, dann kannst du ihn mir zeigen!«

»Papa!«

»Johannes! Hör auf, Amelie zu ärgern«, meinte auch Mama, während sie sich einen Kaffee einschenkte.

»Okay, okay. Ich sage nichts mehr. Versprochen ist versprochen, da kannst du ein Ei drauf kochen!«, meinte ihr Vater lachend.

Sie fuhren los und Papa fragte Amelie nach ihrem heutigen Schultag aus. Sie erzählte, dass die Klasse einen Erdkundetest schreiben, in Mathe einen Vertretungslehrer haben würde und Frau Rilke ihnen als Dankeschön für das Mitwirken am Schulfest ein Eis mitbringen wollte. Dabei merkte sie gar nicht, dass sie an der Kreuzung, an der Amelie sonst ausstieg, längst vorbei waren und der Chauffeur direkt vor dem Schulhoftor anhielt.

»Herr Fels! Sie sind zu weit gefahren! Warum haben Sie mich nicht vorher herausgelassen?«, beschwerte sich Amelie.

»Tut mir leid, das hatte ich völlig vergessen«, entschuldigte sich der Fahrer. »Soll ich umkehren und das Stück zurückfahren?«

»Ja, bitte«, sagte Amelie.

»Sei nicht albern, Spätzchen«, meinte Papa. »Hüpf doch ganz schnell hier raus.«

Amelie schaute nach rechts und links. Von überall her kamen Mädchen und Jungen zur Schule, aber ein bekanntes Gesicht aus ihrer Klasse sah sie im Moment nicht. Ihren Rucksack hatte sie diesmal auf dem Schoß, also konnte sie es wahrscheinlich doch riskieren, sich schnell hinauszuschleichen. Sie gab Papa einen Kuss auf die Wange, schnappte sich ihren Rucksack und machte die Tür nur einen Spalt auf. Vorsichtig zwängte sie zuerst sich und dann den Rucksack hindurch.

Puh, geschafft!

Ein paar neugierige Blicke musterten sie zwar, aber niemand sagte etwas. Amelie ging zügig auf das Schulgelände und sah sich nach den Mädchen aus ihrer Klasse um.

»Hier sind wir!« Maria-Victoria winkte ihr zu und lächelte sie an. »Guten Morgen!«

Die Sunny Sisters standen mit einer Gruppe von Schülern am Schaukasten neben der Turnhalle. Amelie sah, dass dort heute bereits Fotos vom Schulfest aushingen. Auch ihr Tanzauftritt war zweimal zu sehen.

»Wir sehen cool aus, oder?«, sagte Maria-Victoria und platzte vor Stolz.

»Aber bestimmt nicht so cool wie wir«, antwortete eine zickige Stimme hinter ihnen. »Unsere Outfits waren viel besser. Sie stechen richtig heraus!« Annabell und Vivien grinsten schief.

»Das ist doch wohl Geschmackssache«, gab Lara zurück. »Wir stehen nicht auf schrille Farben. Und es war auch kein Modelwettbewerb, sondern ein Tanzauftritt.«

Daniel, Melissa, Felix, Eduard-Carl und Konrad-Paul gesellten sich zu ihnen. »Oh, Fotos! Sind wir auch zu sehen?«, fragte Eduard. Amelie glaubte zumindest, dass er es war, denn sie meinte, die Narbe unter den Haaren kurz gesehen zu haben. Kichernd und tuschelnd drängten sie sich am Schaukasten. Als die Schulglocke ertönte, bewegte sich die Gruppe in Richtung Klassenraum.

»Hey! Wartet!« Tessa kam auf sie zugelaufen. Sie trug ein rotes langes Kleid, Sandalen mit Plateauabsätzen und eine rote Häkelmütze. »Ihr werdet nie erraten, wen ich gerade gesehen habe!« Ihre Stimme klang ganz aufgeregt.

»Wen denn? Den Nikolaus?«, fragte Coco. »Du siehst aus wie seine Helferin.«

Die Mitschüler lachten und Tessa warf Coco einen giftigen Blick zu. »Rot ist gerade in Mailand der neueste Schrei«, sagte sie. »Aber du hast von Mode eben keinen Plan!«

»Du wolltest uns gerade sagen, wen du gesehen hast«, mischte sich Annabell ein.

Tessa holte tief Luft. »Ihr werdet es nicht glauben! Es war John Jefferson!«

Amelie spürte, dass sie knallrot wurde, und wich einen Schritt nach links aus.

Ach, du Schreck!

Wo hatte Tessa Papa gesehen?

Etwa in der Limousine?

Bestimmt hatte sie sich daran erinnert, dass auch Amelie aus genau dieser in der letzten Woche ausgestiegen war! Jetzt würde garantiert eine Frage auf sie zukommen, und Amelie wusste absolut nicht, wie sie sich herausreden sollte.

»John Jefferson? Der Popstar? Du spinnst doch!«, rief Lara. »Nur weil ihr zu seinem Song getanzt habt, glaubst du jetzt, dass er hier live vorbeikommt und euch gratuliert, oder was?«

Alles lachte.

»Wo hast du ihn gesehen?«, fragte Daniel.

Tessa beachtete Laras Spruch nicht und schien ganz aus dem Häuschen zu sein. »Er stand vor unserer Schule! Direkt auf der gegenüberliegenden Seite, hinter einem Baum!«

»JJ? Einfach so?«, fragte Annabell und klang nicht gerade überzeugt.

»Vor unserer Schule? Hinter einem Baum? Was hat er denn dort gemacht? Verstecken gespielt?« Coco schüttelte den Kopf. »Tessa, du hast zu viel Sonne abbekommen, glaube ich.«

»Warum sollte ein bekannter Popstar vor unserer Schule stehen?«, fragte auch Konrad-Paul. »Das ergibt keinen Sinn.«

»Keine Ahnung, warum. Aber er war es! Ich schwöre! Er hatte zwar eine Sonnenbrille auf, doch ich habe ihn gleich erkannt! Ich wollte zu ihm rübergehen, aber gerade als ich die Straße überquert habe, hat er sich umgedreht, ist um die Ecke gebogen und war weg. Ich wollte ihm erst nachlaufen, nur dann kam mir Frau Groß-Claudius entgegen, ich hörte den Schulgong und musste umkehren.«

Eduard-Carl schüttelte den Kopf. »Du hast dich bestimmt verguckt.«

»Nein, habe ich nicht!«

Selbst Vivien und Annabell sahen skeptisch aus. »Vielleicht hast du jemanden gesehen, der JJ ähnlich war, Tess?«, meinte Vivien mit einer versöhnlichen Stimme.

»Geht es in deinen rothaarigen Kopf nicht hinein, dass ich mich niemals irre, Viv?«, giftete Tessa zurück.

Das Mädchen verstummte. Amelie atmete hörbar auf. Niemand schien Tessa zu glauben und sie hatte ihren Vater anscheinend nur von Weitem gesehen. Offensichtlich war er wenigstens so schlau, Herrn Fels mit der Limousine wegzuschicken. Wäre Tessa ihm wirklich um die Ecke nachgelaufen, hätte sie garantiert den Wagen gesehen und ihn bestimmt wiedererkannt.

Das war noch einmal gut gegangen!

Aber es bestätigte Mamas Annahme, dass die Kids in der Schule es nicht einfach so hinnehmen würden, wenn herauskäme, dass sie John Jeffersons Tochter war. Amelie wollte auf keinen Fall Aufsehen erregen und wünschte sich, weiterhin so anonym leben zu können wie bisher.

In der großen Pause sprach zum Glück niemand mehr über Tessas angebliche Popstar-Vision, denn alle waren mit dem bevorstehenden Erdkundetest beschäftigt, und Lara lud Amelie zu ihrer großen Freude zum Sunny-Meeting bei Coco ein.

Pünktlich um 17 Uhr stand Amelie vor der Haustür von Familie Rost. Sie hatte Mama die Story von Tessa und John Jefferson erzählt, und diese versprach, am Abend mit Papa zu reden und ihn zu bitten, sich nicht mehr so auffällig in der Nähe der Schule aufzuhalten.

»Er hat dir bestimmt nachgeschaut, Spätzchen«, sagte Mama und seufzte. »Du weißt gar nicht, wie sehr Papa darunter leidet, dich nicht wie andere Väter normal überallhin begleiten zu können.«

Von dieser Seite hatte es Amelie bisher noch nicht betrachtet, und sie schämte sich, dass sie ihm gedanklich vorwarf, ihr Leben nur auf Video mitzubekommen. Das war ziemlich unfair von ihr.

Cocos Mutter öffnete die Tür. »Komm herein, Amelie. Schön, dich wiederzusehen. Coco und Lara holen gerade Kuchen vom Bäcker. Du kannst mir so lange Gesellschaft leisten, bis sie wieder da sind. Maria-Victoria kommt sicher auch gleich.«

Amelie folgte ihr in die Küche und setzte sich auf einen Stuhl.

»Es war ein toller Auftritt von euch beim Schulfest«, sagte Frau Rost lächelnd.

Amelie errötete vor Freude. »Danke. Mir hat der Lady-Gaga-Tanz am besten gefallen.«

»Aber da hast du doch gar nicht mitgemacht!«

»Trotzdem. Ich finde, dass Coco, Maria-Victoria und Lara die besten Tänzerinnen sind, und ich hoffe, dass sie für den Auftritt auf der Modemesse ausgewählt werden.«

Cocos Mutter schürzte die Lippen. »Daran wird meine Tochter nicht teilnehmen.«

Amelie wunderte sich. »Nein? Das wusste ich noch gar nicht.«

Frau Rost zog ihr Gesicht in Falten. »Das kann ich

mir vorstellen. Mein Mann und ich wussten bis vorgestern auch nichts von diesem Auftritt. Unsere Tochter hat es nicht für nötig befunden, es uns zu erzählen.«

Amelie spürte, dass es ein heikles Thema war, und wollte zuerst nichts weiter sagen, aber Cocos Mutter fuhr fort: »Wir fahren zu Verwandten in den Schwarzwald. Es ist eine große Familienfeier und steht schon seit Monaten fest. Coco hat offensichtlich geglaubt, sich irgendwie davor drücken zu können.«

»Coco? Das kann ich mir nicht vorstellen. Erst vor Kurzem hat sie mir erzählt, was für eine tolle, große Familie sie hat.«

Frau Rost sah sie erstaunt an. »Wirklich? Das hat sie gesagt?«

Amelie nickte. »Ganz bestimmt. Ich glaube auch nicht, dass sie sich vor einem Familienfest drücken würde. Das passt nicht zu ihr.«

»Aber sie will unbedingt zu diesem Auftritt. Tanzen scheint ihr wichtiger zu sein als unsere Feier! Das finden mein Mann und ich unmöglich!«

Ohne darüber nachzudenken, dass sie sich gerade in Angelegenheiten einmischte, die sie eigentlich nichts angingen, antwortete Amelie: »Aber nein, das glaube ich nicht! Ich bin sicher, sie würde am liebsten beides machen! Wissen Sie denn nicht, wie besonders dieser Auftritt sein wird? Es ist mehr als ein Schulfest! Es werden dort internationale Gäste sein, die sich eine echte, professionelle Modenschau ansehen wollen. Und zehn Mädchen aus unserer Tanzschule dürfen vorab den

Show-Act gestalten! Seit Wochen trainieren alle Gruppen bei Dance Star wie verrückt dafür, und alle hoffen, dabei zu sein! Bitte, erlauben Sie es Coco auch!«

Frau Rost schwieg und Amelie fuhr fort: »Sollte sie ausgewählt werden, dann wäre es eine Bestätigung und eine super Auszeichnung für sie. Sie kann so toll tanzen!«

»Wäre es für dich auch eine Auszeichnung?«, fragte Frau Rost und sah sie prüfend an.

Amelie schluckte. »Ja. Nein. Ich meine … ich trainiere zwar auch, aber ich glaube, ich würde mich nicht trauen.«

»Aber auf dem Schulfest hast du doch auch getanzt?«

Amelie lächelte schüchtern. »Ja, und am Anfang dachte ich, ich würde sterben vor Angst. Dabei waren dort im Publikum nur unsere Familien und andere Kids aus der Schule. Aber auf dieser Modemesse … Ach, ich denke nicht, dass ich ausgewählt werde.«

Das Klingeln an der Tür unterbrach ihr Gespräch. Lara und Coco waren zurück. »Ist Marvi noch nicht hier?«, fragte Coco. »Wir haben ganz leckeren Erdbeerkuchen mitgebracht, den mag sie doch so gern. Wo bleibt sie nur? Ohne Marvi können wir auf keinen Fall anfangen!«

Irgendwie hatte Amelie plötzlich das Gefühl, dass es Coco nicht recht war, dass sie heute da war. Sie hatte zwar nichts dergleichen gesagt, aber es war die Art, wie sie sie ansah, sich dann übertrieben nach Maria-Victoria erkundigte und sie gar nicht beachtete, als sie schließlich in ihr Zimmer gingen.

Als es an der Haustür erneut klingelte und Coco zur Tür sprintete, sprach Amelie Lara darauf an. »Habe ich etwas falsch gemacht? Coco ist so komisch drauf. Als würde es ihr nicht passen, dass ich auch gekommen bin. Aber du hast mich eingeladen. Wussten die anderen nichts davon?«

»Aber natürlich wussten sie es«, beruhigte sie Lara. »Wir stimmen immer alles ab und treffen nur einstimmige Entscheidungen. Coco hat ein Problem ... Ihre Eltern erlauben ihr nicht, auf der Modemesse aufzutreten.«

Amelie nickte. »Ich weiß, Frau Rost hat es mir gerade erzählt. Arme Coco!«

Coco und Maria-Victoria kamen herein. Maria-Victoria lächelte Amelie an und war fröhlich wie immer. Sie berichtete, dass ihr Bruder sie ins Badezimmer eingesperrt hatte, weil sie angeblich zu viel Zeit dort verbrachte. Dann habe er aber nicht mehr gewusst, wo er den Schlüssel hingetan hatte. Erst der Vater habe sie befreien können, indem er die Badezimmertür aufgebrochen hatte. »Und jetzt hat Nico zwei Wochen Hausarrest und muss eine neue Tür bezahlen«, sagte sie.

Die Mädchen kicherten, aber dann erinnerte sie Coco daran, dass sie etwas zu besprechen hatten. »Es ist kein Tanzthema, Amelie, sondern privat. Also sei mir nicht böse, wenn ich dich jetzt aus der Diskussion ausschließe. Es geht nämlich um meine Eltern und die kennst du nicht besonders gut. Da brauche ich einen Rat von meinen besten Freundinnen.«

Sie sagte das in einem ziemlich schroffen Ton und Amelie fühlte plötzlich, wie ihr die Tränen in die Augen schossen.

Ein privates Thema! Die besten Freundinnen!

Ihr wurde klar, dass sie nie richtig dazugehören würde! Die drei Mädchen waren schon zu lange befreundet – das würde sie niemals aufholen können! Erst wollte sie noch sagen, dass sie genau wusste, um welches Thema es ging und dass Cocos Mutter mit ihr darüber geredet hatte, aber der Kloß in ihrem Hals war viel zu groß.

Was würde es auch bringen?

Coco vertraute ihr nicht genug und legte offenbar auch keinen Wert auf ihren Ratschlag, sonst hätte sie Amelie nicht schon vorab aus der Diskussion ausgeschlossen. Und sie konnte wirklich nicht erwarten, zum Kreis der »besten Freundinnen« zu gehören. Vermutlich würde das niemals der Fall sein.

Was machte sie dann noch hier?

Amelie wollte plötzlich nur noch weg. Noch eine einzige Minute länger und sie würde die Tränen nicht mehr zurückhalten können. Sie räusperte sich und stand auf. »Also … nein, klar … ist kein Thema, Coco … Du … mir ist gerade eingefallen, dass ich noch … telefonieren muss … Dann könnt ihr das private Thema in Ruhe besprechen und ich … gehe kurz nach draußen und … telefoniere eine Runde, ja? Bis gleich dann!«

Ohne eine Antwort abzuwarten, schnappte sie sich ihre Tasche, winkte kurz und ging.

Die Versöhnung

In Laras Kopf schrillten alle Alarmglocken. Wollte Amelie wirklich nur telefonieren? Sie hatte so traurig ausgesehen. »Musstest du das mit den besten Freundinnen so blöd betonen?«, fragte sie Coco.

»Wieso?«, gab diese in einem genervten Ton zurück. »Ihr seid nun einmal meine besten Freundinnen und sie ist es nicht. Wir sind seit Ewigkeiten zusammen!«

Lara zog die Augenbrauen hoch. »Ja, und? Wir sind gleichzeitig auch deine ältesten Freundinnen. Heißt das jetzt für immer, dass wir uns nicht mit anderen anfreunden dürfen?«

»Nein, natürlich nicht …«

Und auch Maria-Victoria nickte. »Das war total doof von dir, Coco, und das weißt du auch! Warum darf Amelie das mit dem Verbot nicht hören?«

»Außerdem hat es deine Mutter ihr bereits selbst erzählt!«, fügte Lara hinzu.

»Echt? Oh!« Coco schaute ein wenig schuldbewusst drein. »Ja, okay, es war nicht nett, aber ich bin noch so wütend auf meine Eltern, und da habe ich wohl meine Wut an Amelie ausgelassen«, verteidigte sie sich.

»Du musst dich gleich bei ihr entschuldigen, wenn sie vom Telefonieren zurückkommt«, schlug Maria-Victoria vor. »Ich finde außerdem, dass sie trotz der kurzen Zeit eine gute Freundin von uns geworden ist. Ich hätte nichts dagegen, wenn wir sie ganz bei den Sunny Sisters aufnehmen würden.«

Lara strahlte ihre Freundin an. Auf die hilfsbereite und faire Maria-Victoria war wirklich Verlass. »Echt? Da bin ich aber froh, dass du genauso denkst wie ich, Marvi! Das Gleiche wollte ich euch auch noch vorschlagen. Was denkst du, Coco? Es muss natürlich einstimmig sein, so wie es sich gehört.«

»Können wir uns vielleicht erst um mein Problem kümmern, bevor wir hier andere Dinge beschließen?«, knurrte Coco beleidigt. »Habt ihr euch etwas einfallen lassen, wie ich meine Eltern dazu bringen kann, dass sie mich mit zur Modemesse fahren lassen? Vorausgesetzt natürlich, dass ich überhaupt ausgewählt werde.«

Lara legte den Kopf schräg. »Also ich finde, dass Amelie bei dem Gespräch ruhig dabei sein kann. Ich meine, es ist doch blöd, dass sie draußen ist und telefoniert! Vielleicht hat sie einen guten Ratschlag parat?«

»Finde ich auch«, stimmte Maria-Victoria zu. »Vor allem, wo sie doch sowieso weiß, worum es geht.«

»Also gut, meinetwegen«, brummte Coco.

Lara sprang auf, um Amelie zu holen. Sie ging vor die Haustür, doch da war niemand. Sie sah sich um, aber von der Freundin war nichts zu sehen. Auf einmal ahnte sie, dass die Alarmglocken in ihrem Kopf sie vorhin

nicht getrogen hatten. Amelie wollte gar nicht telefonieren.

Sie war gegangen!

Entsetzt lief Lara zurück in Cocos Zimmer. »Amelie ist weg!«

»Wie?«, fragte Maria-Victoria. »Wohin?«

»Sie ist nicht mehr da und ich nehme an, dass sie nach Hause gegangen ist. Ich fühle mich schrecklich, weil wir sie so gemein behandelt haben!«

Coco senkte den Blick. »Du meinst, weil *ich* so gemein war.«

Frau Rost steckte ihren Kopf durch die geöffnete Tür. »War gerade jemand von euch draußen?«

Lara nickte. »Ja, ich, Frau Rost. Ich dachte, dass Amelie dort irgendwo sein könnte und telefoniert.«

Cocos Mutter kam ins Zimmer. »Nein, sie sagte, dass sie dringend wegmüsse. Ich wollte ihre Mutter anrufen, aber sie meinte, sie würde ihr vom Handy aus Bescheid sagen und ihr schon ein Stück entgegengehen. Ich hatte das Gefühl, dass sie hier unbedingt wegwollte. Habt ihr euch gestritten?«

»Nein, nein. Es war ein Missverständnis«, sagte Maria-Victoria schnell.

»Dann ist es ja gut, denn ich finde, dass sie ein sehr nettes Mädchen ist«, meinte Frau Rost. »Übrigens, Cosima, sie hat vorhin sehr positiv von dir gesprochen.

Sie hatte ganz gute Argumente bezüglich des Auftritts bei der Modemesse!«

Drei Augenpaare richteten sich auf Cocos Mutter. »Was heißt das genau?«, fragte Coco vorsichtig.

»Nun, Papa und ich werden noch einmal darüber nachdenken. Amelie hat mir klargemacht, dass dieser Auftritt etwas ganz Besonderes ist und es eine große Auszeichnung für dich wäre, wenn man dich auswählen würde.«

»Das hat sie gesagt?«

Frau Rost nickte. »Sie hält ganz große Stücke auf dich und ist davon überzeugt, dass man dich nehmen wird. Vielleicht sollten wir wirklich abwarten, wie die Entscheidung ausfällt, und dann gemeinsam überlegen, was wir tun werden …«

»Danke, Mama!« Coco sprang auf und umarmte ihre Mama stürmisch.

»Du solltest aber beim nächsten Mal gleich offen mit uns reden und nicht wochenlang damit warten«, fügte Frau Rost hinzu. »Du weißt, dass ich Heimlichkeiten nicht ausstehen kann!«

Coco versprach es strahlend, und als die Mutter das Zimmer verließ, rief sie begeistert: »Hurra! Ich bin noch im Rennen!«

Doch dann verfinsterte sich plötzlich ihr Gesicht. »Ich bin eine ganz gemeine Hexe, schlimmer als Tess, Viv, Bell und alle Zicken zusammen!«, sagte sie.

Lara, die die ganze Zeit schon ernst geschaut hatte, nickte. »Ich will dir nicht widersprechen. Amelie hat deine Mama umgestimmt und du hast sie behandelt wie den letzten Dreck.«

»Aber sie hat es doch nicht gewusst«, meinte Maria-Victoria in dem kläglichen Versuch, Coco zu verteidigen. »Dass Amelie so nett von ihr gesprochen hat, meine ich.«

»Spielt das eine Rolle? Amelie war auch schon vor dem Gespräch mit Cocos Mutter supernett!« Lara sprang auf und lief aufgeregt hin und her. »Sie hat uns nichts getan, war immer freundlich und hilfsbereit. Niemals hat sie angegeben, obwohl sie wirklich allen Grund dazu hätte, mit dem Pool, dem Tennisplatz, der Villa, dem persönlichen Chauffeur und was weiß ich noch, womit! Sie hat sich immer wie eine echte Freundin benommen! Und wir haben sie mit unserem Beste-Freundinnen-Getue vergrault! Als wären wir ein exklusiver Dreier-Club, zu dem niemand Zugang hat!«

Coco ließ ihren Kopf hängen. »Du hast recht. Erst wollte ich sie nicht dabeihaben und dann habe ich sie echt doof behandelt. Dabei verdanke ich es offenbar Amelie, dass meine Mutter es sich anders überlegt hat. Tut mir echt leid … Alles, was du über sie gesagt hast, Lara, stimmt. Und ich allein bin schuld.«

Lara ging in Richtung Tür. »Ich fahre jetzt zu Amelie. Jemand sollte sich bei ihr entschuldigen.«

»Warte!«, riefen Maria-Victoria und Coco gleichzeitig. »Wir kommen mit!«

»Und wenn sich jemand entschuldigen muss, dann wohl ich«, fügte Coco hinzu. »Ich bin echt doof.«

Frau Rost schien wohl zu ahnen, dass die Mädchen ihr vorher nicht ganz die Wahrheit über Amelies überstürzten Abgang erzählt hatten, denn sie sagte nichts, als sie ihr erklärten, dass sie zu dem Anwesen der Jespers fahren wollten, um noch einmal mit Amelie zu reden. Sie bot ihnen sogar an, die Fahrräder stehen zu lassen und sie mit dem Auto dorthin zu bringen.

Während der Fahrt sagte keine von ihnen ein Wort. Lara fragte sich, ob Amelie zu Hause war und ob sie die Mädchen überhaupt hereinlassen würde. Sie hatte ein total schlechtes Gewissen, vorhin überhaupt zugelassen zu haben, dass es so weit gekommen war. Wenn sie doch nur Coco die Stirn geboten und darauf bestanden hätte, dass Amelie nicht von der Diskussion ausgeschlossen wurde, wäre vielleicht alles anders gekommen.

Als sie in der Privatstraße angekommen waren, vereinbarten sie, dass Cocos Mutter an der nächsten Ecke auf sie warten sollte, und sie stiegen aus dem Auto aus.

»Hat sie echt einen Privatchauffeur?«, fragte Maria-Victoria ehrfürchtig.

»Nicht sie, sondern ihr Vater, aber ab und zu wird sie von ihm zur Schule gebracht«, antwortete Lara und ärgerte sich, dass ihr das überhaupt rausgerutscht war. Sie hatte Amelie schließlich versprochen, es nicht weiterzusagen.

»Cool!«

»Amelie will nicht, dass es jemand erfährt, weil es ihr peinlich ist. Deshalb lässt sie sich immer an der Kreuzung vor der Schule absetzen. Ich habe sie dort einmal zufällig in der Limousine gesehen und musste ihr fest versprechen, es niemandem zu erzählen. Also halt bloß deinen Mund!«

Maria-Victoria nickte eifrig. »Keine Sorge! Wow! Ein Fahrer, der einen in der Limousine zur Schule kutschiert … Ich möchte zu gern wissen, was Amelies Vater beruflich macht. Ich wette, er ist ein ganz hohes Tier in irgendeiner Firma.«

»Ist doch egal, was er macht. Sie gibt jedenfalls überhaupt nicht damit an, was sie alles besitzen. Ich weiß nicht, ob ich genauso wäre«, sagte Coco und drückte auf die Klingel. »Wenn ich wie eine Prinzessin in einem Schloss wohnen würde, dann würde ich vermutlich damit prahlen …«

Eine Männerstimme ertönte durch die Gegensprechanlage: »Ja, bitte?«

»Hier sind Marvi, Coco und Lara. Ist Amelie da? Wir müssen dringend mit ihr sprechen«, sagte Lara.

Einen Moment lang tat sich nichts. Dann war der Mann wieder zu hören. »Sie … kann gerade nicht.«

»Hören Sie«, Coco schob sich nach ganz vorn. »Ich habe ganz großen Mist gebaut und möchte mich bei Amelie entschuldigen.«

»Wir alle wollen das!«, rief Maria-Victoria dazwischen.

»… bitte sagen Sie ihr, dass sie uns nur fünf Minuten geben soll! Sie kann auch nach draußen kommen, wir müssen nicht ins Haus«, sagte Coco.

Wieder war eine Zeit lang nichts zu hören. Lara befürchtete schon, dass sie einfach stehen gelassen wurden, aber dann öffnete sich plötzlich das Tor ein Stück, und Amelie stand vor ihnen. An ihren geröteten Augen konnten sie erkennen, dass sie geweint hatte.

»Ihr wolltet mit mir reden?«, fragte sie leise.

Coco ging einen Schritt auf sie zu und Amelie wich einen zurück.

»Es tut mir so leid …«, begann Coco. »Ich will mich bei dir entschuldigen! Ich war so blöd, und irgendwie konnte ich dir nicht richtig vertrauen, keine Ahnung, warum. Ich glaube, ich war eifersüchtig, weil ich gedacht habe, dass du mir Lara oder Marvi wegnehmen könntest und sie dich lieber als mich mögen würden! An dir ist einfach gar nichts auszusetzen. Ich dagegen bin launisch und vorlaut und frech und oft auch gemein …«

»Aber ich bin doch die Prinzessin, die in einem Schloss wohnt«, sagte Amelie und sah ihr in die Augen.

Coco lief rot an. »Woher …?«

Amelie zeigte auf die Vorrichtung an der Haustür. »Kamera mit Mikrofon. Die Überwachungsanlage ist schon die ganze Zeit an.«

»Siehst du, sag ich doch! Ich bin eine vorlaute, gemeine Ziege! Ich komme her, um mich zu entschuldigen, und klopfe immer noch fiese Sprüche! Ich sollte sofort Mitglied bei den High Heels werden! Bitte, Amelie! Du musst mir glauben, dass mir das alles total leidtut!«

»Uns allen tut es leid«, fügte Lara hinzu. »Und wenn du einen Antrag stellst, dass Coco zu den Giftschlangen gehen soll, dann nehmen wir ihn einstimmig an.«

Über Amelies Gesicht huschte ein Lächeln. »Nein, diese Strafe ist zu hart.«

Aber Coco war noch nicht fertig. »Ich wollte dir außerdem noch danken, dass du bei meiner Mutter ein gutes Wort für mich eingelegt hast! Sie will jetzt doch Xenias Entscheidung abwarten und sich dann alles noch mal überlegen! Danke, Amelie! Irgendwie hast du es geschafft, sie umzustimmen.«

Amelie lächelte noch breiter. »Das freut mich für dich. Und ich nehme deine Entschuldigung an.«

Lara merkte, dass sich Amelie darüber freute, dass die Mädchen zu ihr gekommen waren, und war sehr erleichtert. »Sind wir jetzt wieder Freundinnen?«, fragte sie hoffnungsvoll.

Bevor Amelie antworten konnte, mischte sich auch Maria-Victoria ein. »Vergiss bitte auch das mit den ›besten Freundinnen von früher‹, das hat Coco irgendwie blöd formuliert. Wir mögen dich alle sehr und wollen mit dir befreundet sein. Meinst du, euer Chauffeur könnte mich auch einmal irgendwohin fahren?«

»Marvi!«, rief Lara empört.

Maria-Victoria grinste. »Sorry, das sollte ein Scherz sein. Ups! Da fällt mir ein, dass ich das mit dem Chauffeur auch gar nicht verraten sollte. Aber Lara war vorhin so wütend auf uns, dass ihr das rausgerutscht ist, ohne dass sie es gemerkt hat!«

Lara bekam Panik, dass Amelie sauer auf sie sein würde, weil sie ihr Versprechen gebrochen hatte, aber die Freundin lächelte wieder. »Schon gut, aber bitte erzählt es wirklich nicht weiter. Es wäre mir sehr unangenehm, wenn sich das in der Schule herumsprechen sollte.«

Sie ist echt bescheiden, dachte Lara anerkennend. »Versprochen. Wobei ich hoffe, dass sich gewisse Leute ebenfalls daran halten.« Sie sah Maria-Victoria an, die ein unschuldiges Gesicht machte. »Wen meinst du bloß? Ich kann schweigen wie ein Grab!«

Coco hatte noch etwas auf dem Herzen. »Amelie, wir müssen wieder los, denn meine Mutter wartet an der Ecke auf uns. Aber bevor wir gehen, wollten wir dich fragen, ob du vielleicht Lust hast, ein Dauermitglied der Sunny Sisters zu werden.«

Amelie sah überrascht von einer zur anderen. »Ohne Einschränkungen? Einstimmig? Echt?«

Lara und Maria-Victoria nickten.

»Das würde ich wirklich total gern«, antwortete Amelie. »Aber ihr müsst euch sicher sein. Vielleicht wollt ihr noch länger warten und mich erst besser kennenlernen ...«

Coco schüttelte den Kopf. »Nein. Ab sofort. Ohne Einschränkungen.«

»Echt?«

»Ganz echt.«

Amelie lächelte. »Okay. Wenn ihr euch sicher seid, dann will ich das auf jeden Fall!«

Die Entscheidung

Als sich die Mädchen wieder verabschiedet hatten, schwebte Amelie auf Wolken. Sie hatten sich entschuldigt! Und sie gefragt, ob sie eine offizielle Sunny Sister werden wollte! Damit hatte sie nach dem heutigen Nachmittag niemals gerechnet. Beschwingten Schrittes lief sie den Weg zurück zum Haus. Mama, Papa und die Großeltern schauten sie lachend an. »Siehst du, jetzt ist alles wieder gut!«, meinte Johannes Jesper.

»Woher wisst ihr …?«

»Kamera und Mikrofon – wie du es deinen Freundinnen schon selbst erklärt hast«, sagte Opa leicht verlegen.

»Ihr habt uns belauscht?« Amelie versuchte vergeblich, wütend auszusehen.

Mama legte ihr einen Arm um die Schulter. »Spätzchen, als du mich angerufen hast und ich dich heulend auf der Straße eingesammelt habe, da haben wir uns natürlich Sorgen gemacht. Und als die Mädchen hier aufgekreuzt sind, da wussten wir nicht, ob sie dir vielleicht noch mehr wehtun würden. Deshalb haben wir die Überwachungsanlage im Auge behalten.«

»Ich musste deine Mutter die ganze Zeit davon abhalten, dir hinterherzulaufen und deinen Freundinnen die Meinung zu sagen«, meinte Papa grinsend. »Außerdem wussten wir nicht, ob du die Mädchen eventuell hereinbittest, dann wäre ich direkt in den Pool oder in die Büsche gesprungen oder hätte mich im Keller verstecken müssen.«

Jetzt musste auch Amelie lachen. »Schade, dass ich das nicht gewusst habe! Dann hätte ich sie natürlich ins Haus gelassen.«

In dieser Nacht schlief sie richtig gut. Sogar der Gedanke, dass demnächst die Entscheidung bei Dance Star verkündet werden sollte, machte ihr nicht mehr so viel Angst. Sie hatte drei Freundinnen, die sie unterstützen würden, und nur das zählte.

Die nächsten Tage vergingen und die vier Freundinnen hatten in der Schule und bei ihrem Sunny-Meeting nur ein einziges Thema: Wer würde für die Modemesse ausgewählt werden und nach welchen Kriterien würden sie wohl beurteilt? In der Gruppe tanzten alle richtig gut und es gab nur ganz winzige Unterschiede zwischen den einzelnen Mädchen.

Maria-Victoria behauptete, dass die Körpergröße bestimmt eine Rolle spielte, damit auf dem lang gezogenen Laufsteg die Tänzerinnen hintereinander gleichmäßig wirkten. Damit sah sie sich selbst aus dem Rennen, denn sie war nach wie vor einen halben Kopf kleiner als ihre Freundinnen. Amelie war auch nicht so groß wie

Lara und Coco, aber sie glaubte nicht, dass das entscheidend war. Bei dem Medley starteten die Tänzerinnen zwar hintereinander, aber dann drehten sie sich zu allen Seiten, und da das Publikum um einen Laufsteg herum saß, würde die Reihe aus jedem Blickwinkel anders aussehen. Sie wiederum war davon überzeugt, dass sie noch nicht lange genug bei Dance Star war, um wirklich eine Chance zu haben. Außerdem glaubte sie wegen des Lampenfiebers, dass es ihr sowieso nicht viel ausmachen würde, nicht ausgewählt zu werden.

Lara dagegen meinte, dass sie alle eine gute Chance hätten, räumte aber zähneknirschend ein, dass auch die High Heels nicht schlecht waren und gerade bei den letzten Proben überzeugen konnten, weil sie konzentriert tanzten und sich extrem unauffällig verhielten. Daraufhin erinnerte Coco die Sunnys daran, dass sie noch immer mit einer fiesen Überraschung der Giftschlangen rechnen mussten und sie im Auge behalten sollten. Sie glaubte nicht, dass der Konkurrenzkampf vorbei war.

So verging eine ganze Woche. Am Wochenende flog Amelie mit ihren Eltern nach Berlin, wo Papa sich erst mit einem Konzertveranstalter traf und dann eine Autogrammstunde im Sony Center am Potsdamer Platz gab. Sie erkundete währenddessen mit Mama die Hauptstadt, und abends sahen sie sich gemeinsam ein Musical an, bei dem Johannes Jesper wieder mit Brille und zurückgekämmten Haaren dasaß und dadurch nicht sonderlich auffiel. Es war toll, und ihre Freude wurde nur dadurch getrübt, dass sie ihre Freundinnen wieder anflunkern und »Papas langweilige geschäftliche Termine« als Grund für die Reise angeben musste.

Am Montag trafen sich die Sunny Sisters nicht zur üblichen Sunny-Stunde, sondern schoben eine »Fashion Medley«-Sonderprobe im Spiegelraum bei Amelie ein. In dieser Woche würde sich alles entscheiden und sie wollten super vorbereitet sein.

Als Amelie am nächsten Tag nachmittags den Übungsraum bei Dance Star betrat, konnte sie förmlich fühlen, wie die Luft vor Spannung knisterte. Es herrschte eine eigenartige Atmosphäre. Alle Mädchen alberten nicht wie sonst herum, sondern unterhielten sich leise. Die Taschen und Straßenschuhe lagen geordnet in den Fächern und selbst die Getränkeflaschen standen alle in einer Reihe auf der Theke.

Lara winkte Amelie zu sich und zeigte auf die übrige Gruppe. »Wir alle tanzen schon ziemlich lange zusammen, aber ich habe es hier noch nie so ruhig erlebt. Sogar die Giftschuhe verkneifen sich ihre Kommentare. Jeder weiß, dass die Entscheidung ganz nah ist, und niemand möchte negativ auffallen«, flüsterte sie.

Sobald Xenia auf der Bildfläche erschien, war absolute Konzentration gefragt. Sie tanzten wie schon in den vergangenen Tagen nur das »Fashion Medley« und es klappte sehr gut. Die Trainerin stellte dabei immer unterschiedliche Mädchen hintereinander, als würde sie verschiedene Kombinationen testen. Dann wollte sie plötzlich, dass Amelie ganz vorn stand.

Amelie schluckte die Aufregung herunter. Okay, es war nur der Übungsraum in der Tanzschule, dachte sie, es gab kein Publikum und keinen Laufsteg. Vergiss einfach, dass alle anderen hinter dir stehen!

Sobald die Musik losging, tanzte sie drauflos und konzentrierte sich nur auf den Rhythmus. Es klappte ganz gut und Amelie gab richtig Gas. Doch mitten im Tanz unterbrach plötzlich ein lautes »Aua!«, gefolgt von einem Poltern, die Probe. Amelie drehte sich um und sah erschrocken Lara und Vivien, die beide auf dem Boden saßen und sich gegenseitig angifteten.

»Das war Absicht von dir, du gemeine Kuh!«, rief Vivien und massierte sich den Knöchel. »Du hast mir ein Bein gestellt!«

»Von wegen! So etwas würde ich niemals tun! Du

warst zu nah an mir dran und bist gestolpert!«, verteidigte sich Lara.

»Das stimmt nicht! Gib es doch zu, du wolltest mich verletzen, damit ich aus dem Casting rausfliege!«

»Spinnst du? Das ist doch sonst eure Methode! Hast du das etwa extra gemacht, damit ich jetzt als die Böse dastehe?«

Tessa, die diesmal ganz hinten stand, mischte sich ein. »Xenia, du musst bitte eingreifen. Die Mädchen aus unserer Klasse haben etwas gegen uns. Sie bringen auch in der Schule immer nur blöde Sprüche und haben beim Schulfest sogar unseren Tanz verändert, damit sie im Vordergrund stehen. Und jetzt hat Lara Viv offensichtlich ein Bein gestellt, um ihre Chancen zu mindern!«

Amelie blieb der Mund vor so viel Dreistigkeit offen stehen und sie sah, dass es Maria-Victoria genauso erging. Coco ballte die Fäuste und sah aus, als würde sie sich gleich auf Tessa stürzen.

Lara sprang auf. »Das ist alles gelogen! Ich habe nichts gemacht! Und in der Schule …«

»Schluss jetzt!« Xenia ging ein paar Schritte auf sie zu. »Ich will nichts mehr hören! Was in der Schule zwischen euch allen passiert, geht mich nichts an. Hier bei Dance Star allerdings schon. Ich kann nicht glauben, dass Lara jemandem ein Bein stellen würde, allerdings kann ich mir auch nicht vorstellen, dass sich Vivien vorsätzlich in die Tanzschritte eines anderen wirft, um dann absichtlich hinzufallen. Also buche ich es als unglücklichen Zwischenfall ab.«

Lara und Vivien funkelten sich an, sagten aber nichts mehr. »Ich möchte, dass ihr euch beide die Hände reicht und euch entschuldigt. Wer dazu nicht bereit ist, kann direkt den Raum verlassen und nach Hause gehen«, fügte die Tanztrainerin hinzu.

»Das ist alles?«, zischte Tessa aus dem Hintergrund. »Das ist voll ungerecht!«

»Das gilt auch für dich, Tessa. Du bist nicht Viviens Anwältin.«

Amelie sah zu, wie sich Lara und Vivien schweigend die Hand reichten und dann leise »Entschuldigung« murmelten. Dabei fiel ihr auf, dass Tessa ziemlich wütend aussah. Jetzt war sie sich genauso wie Lara sicher, dass es kein Zufall war und Vivien den Zusammenstoß irgendwie herausgefordert hatte. Offensichtlich hatten die hochhackigen Biester gedacht, dass sie Lara damit aus dem Rennen kicken würden. Nun, es hatte nicht funktioniert, aber Coco hatte recht: Sie mussten sich vor ihnen stets in Acht nehmen.

Zum Ende der Stunde kam Hip-Hop-Trainer Tony herein. »Setzt euch einen Moment auf den Boden«, sagte Xenia. »Tony und ich haben euch etwas zu sagen.«

Allgemeines Raunen setzte ein.

Amelie hielt den Atem an.

Jetzt war es also so weit.

Die beiden Trainer würden die Entscheidung verkünden.

Sie hoffte so sehr, dass ihre drei Freundinnen dabei waren, denn sie hatten es sich verdient! Die vier Sunny

Sisters setzten sich schnell nebeneinander und hielten sich bei den Händen. Amelie saß zwischen Lara und Coco und merkte auf einmal, wie ihr Puls raste.

»Ihr habt hart gearbeitet und eine tolle Choreografie einstudiert«, begann Xenia. »Alle Mädchen, auch in den anderen Gruppen, haben wirklich alles gegeben, das hat man gemerkt.« Sie sah den Hip-Hop-Trainer an, der zustimmend nickte. Er hatte sie bei den einzelnen Gruppenstunden immer wieder beobachtet und sich Notizen gemacht.

Xenia fuhr fort: »Tony war auf dem Messegelände und hat sich den Laufsteg genauer angesehen. Ich habe es euch nicht gesagt, weil ich die Spannung erhalten wollte, aber er ist länger als gedacht, und wir haben uns entschlossen, statt zehn vierzehn Tänzerinnen für den Auftritt bei der Modenschau mitzunehmen.«

Wieder ertönte ein Raunen, das erst verstummte, als die Trainerin die Hand hob. »Da die Tänzerinnen ungefähr gleich alt sein müssen, kamen außer euch nur noch zwei weitere Gruppen infrage, die allerdings nicht ganz so leistungsstark sind wie ihr. Dort haben wir gestern fünf Mädchen ausgesucht.«

Tony lächelte. »Das bedeutet, dass aus eurer Gruppe ganze neun Mädchen die Chance haben, dabei zu sein! Diejenigen von euch, die sich nicht auf die Liste eingetragen haben, am kommenden Wochenende keine Zeit haben oder mittlerweile zu der Ansicht gelangt sind, dass sie nicht auftreten möchten, gehen bitte jetzt auf die rechte Seite.«

Sieben Mädchen standen auf und setzten sich rechts an die Wand, fünfzehn Mädchen blieben sitzen. Amelie zuckte kurz zusammen, merkte aber, wie fest Coco und Lara sie an ihren Händen hielten. Keine Frage, die Freundinnen wollten nicht, dass sie jetzt kniff. Und plötzlich geschah etwas Seltsames: Amelie fühlte, wie eine merkwürdige Aufregung sie erfasste. Sie kam sich vor wie auf der Einschulungsfeier. Sie wünschte sich auf einmal, ja, sie *wollte* unbedingt, dass auch ihr Name fiel! Allem Lampenfieber zum Trotz!

»Ich lese jetzt die Namen der neun Mädchen vor, auf die Tony und ich uns geeinigt haben«, sagte Xenia.

Die Spannung wurde fast unerträglich. Amelie drückte die Hände von Lara und Coco so stark, dass ihre Knöchel ganz weiß wurden.

»Linda.«

Applaus brandete auf.

»Sophia.«

Wieder Applaus.

»Lara.«

Amelie, Maria-Victoria und Coco umarmten die Freundin, bis sie alle fast umfielen.

»Sarah.«

Ein piepsiges Jauchzen aus der Reihe hinter ihnen ließ Amelie schmunzeln.

»Vivien.«

Oh, nein. Lara, Amelie, Maria-Victoria und Coco sahen sich an. Coco zuckte mit den Schultern, sagte aber nichts.

»Cosima.«

»Ja! Adios, Schwarzwald!«, rief Coco und schlug sich dann die Hand vor den Mund, während sie von ihren Freundinnen umarmt wurde.

»Tabea.«

Sarahs Freundin jubelte und fiel ihr um den Hals.

»Maria-Victoria.«

Maria-Victoria stieß einen spitzen Schrei aus. »Yes!« Sie drückte die anderen Sunnys und flüsterte: »Es gibt nur noch einen Platz. Das bist ganz sicher du, Amelie!«

Amelie, die ebenfalls schon mitgezählt hatte, lächelte schüchtern. »Ich bin sicher, sie werden Tessa nehmen. Übrigens: Annabell sitzt auch noch da.«

Sie versuchte, tapfer zu sein und sich einzureden, dass sie die ganze Zeit sowieso Bammel vor dem Auftritt gehabt hatte. Es sollte wohl nicht sein. Es war vermutlich Schicksal. Aber tief in ihr drin wusste Amelie jetzt, dass es ihr großer Wunsch war, doch ausgewählt zu werden, auch wenn sie vor Lampenfieber fast sterben würde!

Xenia lächelte die Mädchen an. »Ich habe nur noch einen Platz zu vergeben. Alle anderen, die nicht dabei sind: Ihr wart trotzdem supergut! Seid nicht traurig – der nächste Auftritt kommt bestimmt!«

»Sag Amelie, Amelie, Amelie«, flüsterte Lara und schloss die Augen, als wollte sie Xenia durch Gedankenübertragung beeinflussen.

»Den letzten Platz beim ›Fashion Medley‹ auf dem Laufsteg bekommt … Amelie.«

»Jaaaa!« Die Sunny Sisters warfen sich auf Amelie,

die nicht glauben konnte, was sie gerade gehört hatte. Sie war dabei? Hatte Xenia wirklich ihren Namen genannt?

Wie durch einen Schleier bekam sie mit, wie Tessa und Annabell aufsprangen, auf die Trainerin zuliefen, um mit ihr zu diskutieren. Von »unfair« über »ungerecht« bis »unmöglich« war alles dabei.

»Warum hast du Vivien genommen und mich nicht?«, hörte sie Tessa rufen. »Ich bin genauso gut wie sie, wenn nicht sogar besser! Okay, Bell ist manchmal zu unsicher, aber ich hätte es auf jeden Fall verdient! Ich habe das Gefühl, dass hier wieder die Lieblingskinder ausgesucht wurden!«

Der Freudentaumel der meisten Mädchen verstummte, denn die Anschuldigung war einfach hammerhart, wie Amelie fand.

Auch Xenia platzte jetzt offenbar der Kragen. »Gerade solche Äußerungen haben dazu beigetragen, dass ihr nicht weitergekommen seid«, meinte sie eisig. »Wir haben nämlich nicht nur auf das tänzerische Können geachtet, sondern auch auf das Auftreten und die Fähigkeit zum Teamwork.«

»Aber Vivien …«

»Sei still, Tessa! Jetzt rede ich«, brauste die Trainerin auf. »Tänzerisch seid ihr alle sehr gut, aber Zickereien und Intrigen dulde ich bei uns nicht. Ich habe oft genug mitbekommen, wie ihr das Gemeinschaftsgefühl kaputt gemacht habt. Tony wollte niemanden von euch dreien nehmen, aber ich gebe euch hiermit eine letzte

Chance. Deshalb darf eine von euch doch noch mitmachen.«

Tessa sah ihre beiden Freundinnen an. »Dann nimm mich! Viv hat bestimmt nichts dagegen, wenn wir tauschen!«

Amelie und ihre Freundinnen schüttelten nur den Kopf. Tessa war offensichtlich nicht zu ehrlicher Freundschaft fähig.

»Sie kann auch ganz schön lästern!«

»Tess!«, rief Vivien erschrocken.

»Ist doch wahr! Ohne uns willst du doch sicher nicht bei der blöden Modenschau dabei sein, oder?«

Vivien schwieg und man merkte ihr an, dass sie mit sich haderte. »Doch«, meinte sie dann. »Ich wollte schon immer mal auf einem echten Laufsteg stehen.«

Auch Xenia hatte genug gehört. »Dein Verhalten gefällt mir nicht, Tessa. Du musst dich ändern, oder ich muss dich bitten, dir eine andere Tanzschule zu suchen.«

Das waren deutliche Worte und die Tanztrainerin war noch nicht fertig. »Aber ich bin sicher, Tessa, dass du dich für deine Freundin freust und ihr die Daumen drücken wirst, oder?«

Lara legte den Arm um Amelie. »Jetzt bin ich gespannt, wie die Königin aus der Nummer herauskommt«, flüsterte sie. »Sie steht ganz kurz vor dem Rausschmiss, das sehe ich. Xenia ist auf hundertachtzig.«

Offensichtlich schien es auch Tessa zu spüren, denn sie hob trotzig ihre Nase hoch, strich sich das Haar glatt und nickte dann. »Klar. Herzlichen Glückwunsch, Viv.

Bell und ich drücken dir alle Daumen, die wir haben. Selbst die Zehen drücken wir dir.«

Sie lachte künstlich und Annabell tat es ihr nach.

Als die Sunny Sisters eine halbe Stunde später die Tanzschule verließen, konnten sie immer noch nicht glauben, dass sie es tatsächlich alle vier geschafft hatten!

»Stellt euch vor, wir tanzen zusammen!«, sagte Lara. »Auf der internationalen Modemesse! Vor großem Publikum! Auf einem Laufsteg! Vielleicht werden wir dabei entdeckt?«

Die Mädchen kicherten aufgeregt.

»Hoffentlich falle ich nicht um oder kippe vom Laufsteg auf die Leute«, meinte Amelie.

»Geht das schon wieder los?«, schalt sie Maria-Victoria scherzhaft. »Du weißt, was dir Coco beim Schulfest gesagt hat: Dann tun wir so, als ob es zur Choreo dazugehört!«

Coco schwenkte einen weißen Zettel. »Habt ihr gesehen, dass wir nur zwei Generalproben für den Auftritt haben? Offensichtlich glauben die echt, dass es gut klappen wird.«

Amelie lächelte. »Wenn ihr wollt, dann können wir außer der Reihe wieder bei uns proben.«

Lara schüttelte den Kopf. »Nein. Das ›Fashion Medley‹ können wir mittlerweile im Schlaf. Ich habe eine viel bessere Idee: Was haltet ihr davon, wenn wir das nächste Sunny-Meeting dazu nutzen, um einen richtigen Club zu gründen? Den ›Sunny Sisters Club‹!«

Die vier Mädchen sahen sich mit großen Augen an.

»Au ja!«, rief Maria-Victoria. »Wir gründen einen ganz geheimen Mädchenclub!«

»Cool! Bei dem Schlangen und High Heels verboten sind! Dafür aber mit eigenen Regeln, Erkennungszeichen, Mitgliedsausweisen …«, auch Coco schien begeistert.

»… und einem Maskottchen?« Amelie strahlte, als die anderen drei eifrig nickten.

Ein richtiger, geheimer Mädchenclub!

Sie würde Teil der Sunny Sisters werden!

Das hörte sich total cool an.

War das Leben nicht toll?

Sie hatte drei super Freundinnen.

Sie durfte auf einer Modemesse tanzen.

Sie besiegte auch langsam ihr Lampenfieber.

Und jetzt wollten sie noch einen Club gründen!

Dann fiel ihr etwas Wichtiges ein. »Hey, und ich wäre endlich nicht mehr die Neue, oder? Wenn ihr auch Mitglieder werdet, dann wären wir alle neu im Club, stimmt's?«

Lara lachte. »Du hast es gecheckt.«

»Das machen wir«, Coco hakte sich bei Amelie unter. »Die erste Clubregel weiß ich auch schon: Niemand darf das Haus eines anderen als ›Schloss‹ oder ›Riesenkasten‹ bezeichnen …«

Die beiden Mädchen lachten.

»Können wir uns dann auch einen anderen Namen geben?«, fragte Maria-Victoria. »Aus Amelie machen wir Melli und ich zum Beispiel würde mich Matoria nennen oder Vicima …«

»Melli finde ich schön!« strahlte Amelie.

»Ich auch! Aber Vicima geht gar nicht!«

»Das klingt wie ein WC-Reiniger, Marvi! Fängst du schon wieder mit dem Blödsinn an?«

»Schon gut, schon gut. War ja nur so ein Vorschlag … Aber … was haltet ihr von Aria-Oria?«